公元787年，唐封疆大吏马总集诸子精华，编著成《意林》一书6卷，流传至今
意林：始于公元787年，距今1200余年

一则故事　改变一生

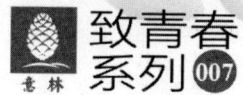
致青春系列 007

梅吉
MEI JI 著

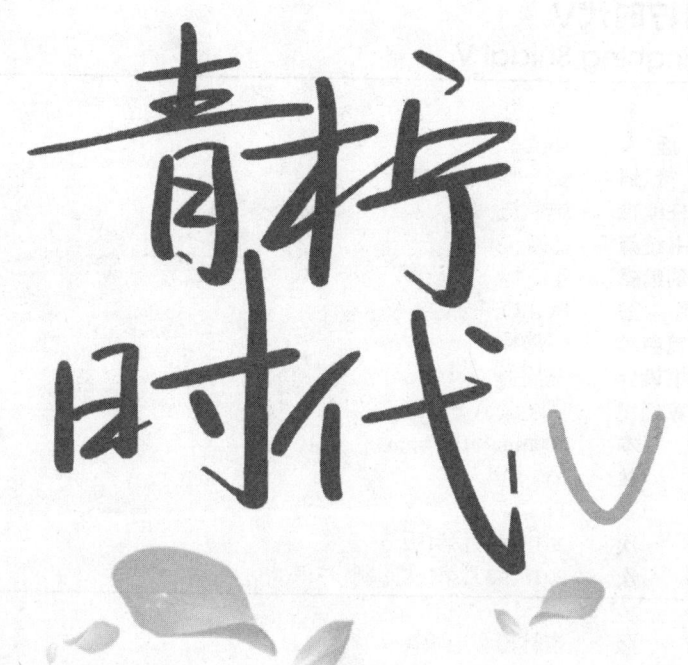

吉林摄影出版社
· 长春 ·

图书在版编目（CIP）数据

青柠时代. Ⅴ / 梅吉著. -- 长春：吉林摄影出版社，2018.3
（致青春系列）
ISBN 978-7-5498-3523-2

Ⅰ.①青… Ⅱ.①梅… Ⅲ.①长篇小说－中国－当代Ⅳ.①I247.5

中国版本图书馆CIP数据核字(2018)第050819号

青柠时代Ⅴ
Qingning Shidai V

著　　者	梅　吉
出 版 人	孙洪军
总 策 划	安　雅　张　星
责任编辑	施　岚
图书统筹	蓝曦悦
特约编辑	丁　旭
绘　　图	BOBO
书籍装帧	胡静梅
图书设计	王周益
作家经纪	卢晓凤
开　　本	700mm×1000mm　1/16
字　　数	330千字
印　　张	11.5
版　　次	2018年3月第1版
印　　次	2018年3月第1次印刷

出　　版	吉林摄影出版社
发　　行	吉林摄影出版社
地　　址	长春市泰来街1825号
	邮编：130062
电　　话	总编办：0431-86012616
	发行科：0431-86012602
网　　址	www.jlsycbs.net
经　　销	全国各地新华书店
印　　刷	北京嘉业印刷厂
书　　号	ISBN 978-7-5498-3523-2　　　定价：29.00元

版权所有　　侵权必究
如发现印装质量问题，请与印务部联系退换，电话：010-51908584

初心未泯，以致青春

《意林》杂志创立于2003年8月，一直以现实温暖和寓意深刻的小故事吸引读者，强调励志和人文关怀，是中国目前很有影响力的杂志之一。

"一则故事，改变一生"是《意林》一贯的宗旨，通过关注读者身边的大事小情、平凡生活，倡导一种积极健康的生活理念，力求打破这个快节奏社会人与人之间的交流壁垒，传递人与人之间的真挚情感。

凭借着这样的理念与办刊初衷，意林集团在2015年推出了专门为中学生打造的图书系列——"致青春"。我们希望用细腻真实的人物情感，贴近中学生生活情景的故事背景，曲折动人的事件发展，带给读者一种发自内心的青春共鸣。

"青春"是一种群体记忆，青春给人留下的回忆或甜美，或心酸，或遗憾，或孤单，但都是弥足珍贵的，带着一种不足为外人道的隐秘情绪，令人久久回味。

如今市场上充斥着许多所谓的"青春文学"，为了吸引眼球，故事被过多华丽繁复的细节包装，人物情感脆弱，灵魂苍白，缺少内涵，脱离了真正的校园生活，变得格外极端和残酷。

《意林》希望将充满正能量的青春展现给读者。在成长的道路上，有守护在你身边的亲人，也有默默陪伴你的小伙伴，更有为了未来不断努力拼搏、奋斗的身影。我们希望这样优秀、纯净的青春故事能够如清新的春雨般滋润人心，引导青少年成长为人格健全、价值观正确的成年人。

◎青柠时代，你我同行

《意林》选择《青柠时代》作为"致青春"系列的第一弹。之所以叫"青柠时代"，是因为作者表现出的青春就像青色的柠檬一样，微酸、微涩，还有一些甘甜。作者梅吉极为擅长细腻的情感处理，于细节处感动人心。当然也会有悲伤，却不会有颓废，因为真正的青春就应该是永不放弃，不断努力与拼搏的。

身边小伙伴们天真、纯粹的友情是我们整个青春时代里最重要的陪伴。虽然也会有争吵，也会有埋怨，然而我们都不曾忘怀一起牵手走过的岁月，那些携手共度的倾城时光，是值得一生珍藏的美好回忆。

◎青葱校园，感动成长

成长总是伴随着疼痛与喜悦，而校园，作为所有人成长的起点，有太多感动的故事在这里上演。每一年的相聚和别离，每一次的欢笑与泪水，都被记录在关于青春的回忆中。

所以，"致青春"系列的主要故事背景也设置在校园中，更加贴近学生生活，书中的主人公们如同陪伴你一起成长的小伙伴，手拉手一起前行。子曰："三人行，必有我师焉。"如今的校园已经不单纯是学习的地方，更像一个"小社会"，同学们都充满个性，每个人看问题的角度也不尽相同。从校园这个视角出发，可以折射出社会的不同面，在不断的学习过程中，我们收获的自然不仅仅是课本上的知识，更有做人的道理，以及更广阔的视野。

◎另类高考，致敬青春

《意林》作为位于中国发行量前列的学生杂志，一直非常关注高考。"意林体"屡次命中高考作文，让众多高考考生对《意林》杂志更为追捧。如今，"高考"已经成为《意林》杂志的一个关键词，我们愿意通过那些鸡汤式的励志小故事，给众多考生启示，也传递出温暖的人文关怀。虽然高考十分重要，却也只是一次考试而已，未来的人生，还有更多的考验。

每个人的青春都是千差万别的，而不同的青春又拥有着时代的共性，每个时代都是最好的时代，我们向不同的人生、不同的青春致敬，希望"致青春"这个系列的故事可以让你回忆起最初的感动，勿忘初心，致敬青春。

Contents 目录

第一章 001
DI-YI ZHANG
相见不如怀念

第二章 021
DI-ER ZHANG
过尽千帆，明媚如初

第三章 039
DI-SAN ZHANG
辗转在天涯的思念

第四章 055
DI-SI ZHANG
谁的心不挣扎

第五章 075
DI-WU ZHANG
人生若只如初见

Contents
目录

第六章 093
DI-LIU ZHANG
故友重逢

第七章 111
DI-QI ZHANG
情不知所起，一往而深

第八章 129
DI-BA ZHANG
只想在你怀里，养幸福的伤

第九章 151
DI-JIU ZHANG
回望灯依旧

 第一章

相见不如怀念

一

初秋的风已经有些凛冽，夜色中，香樟的叶片被一阵一阵的狂风刮下来，有着扫荡般的狠厉。

毕夏走得很慢，当她扬起面孔，有泪光在黑曜石般的瞳孔里闪动——百感交集。原来命运是一种气势如虹的东西，不会给你留任何退路，只是一贯到底，即使你已经被碾压成泥，痛楚万分，它依然不会停下。

她今天收到马兰欧尼服装设计院的录取通知书。

毕夏从来没有想过有一天会去意大利，更没有想过她最终会选择服装设计专业。在漫长的求学道路上她一直目标明确——大二过托福，大三考研究生，大四通过司法考试。对自己的职业规划是外交官或者是律师，却唯独没有想过她会被取消交换生资格，会被学校开除，然后转去学服装设计。虽然父母开服装厂，但他们并没有要求唯一的女儿来继承家业，时至今日，就好像有一双无形的手，推着她走向了与梦想截然不同的生活。

她也在想她的人生就这样了吗？起初申请的几所学校，没有得到回复或者直接被拒绝的时候，她的内心甚至有一些庆幸，做服装设计并不是她擅长也不是她最喜欢的一件事，她没有把握做好或者有信心坚持下去。但她对母亲许诺，有一天她会重新把"衣雅"买回来，有一天她会把父母苦心经营的一切都再建立起来。

她是在逞强，还是在苦撑呢？

在走过那么长一段黑暗的路途之后，毕夏终于明白，没有谁可以在命运里任意妄为。

毕夏和陆怀箫是在路口分的手。

毕夏拿到录取通知书后给陆怀箫打了个电话。大约听出她声音里的落寞，所以他即刻从学校赶来见她。

此时的毕夏心乱迷惘，对未来生出许多怯懦犹豫。她想起年少时的自己，自信、果断、决绝……可现在呢，当年那个锐利的毕夏已经渐行渐远。

"如果还没有想好，可以再等等。"陆怀箫暖声安慰道，"不要太逼自己了。"

"不走下去，谁也不知道这条路是否正确。"毕夏苦涩地笑笑。

"毕夏。"陆怀箫深深地望着她，"其实……"

"其实大多数的人都不能任性地只为自己活着，还要肩负很多责任，而陆怀箫，你也要承担起你的责任。"

毕夏大约知道陆怀箫想说什么，但她不想在离开的时候有承诺或者有所束缚，这对陆怀箫来说不公平。她不能再成为陆怀箫的牵绊了，她只帮过他那么一次，陆怀箫却倾尽所有来还她。

平心而论，这份深情她不是不感动，甚至连母亲都劝她不要错过，可是她连自己的未来都看不清楚，又怎么能负担得起这份感情呢？

陆怀箫轻轻点头，小心收起眼里的黯然，对他来说，爱一个人从来不是放肆，他的爱克制自律，是想对方所想，忧对方所忧，若对方不语，他就只会默默守护。

"送你回家吧。"

"我要回'衣雅'一趟，收拾一些文件。"毕夏停顿一下，又说，"陆怀箫，谢谢你。"

陆怀箫笑了："你我之间不用这么客气。"

"不，不是因为你从学校赶来，也不是因为你送我回家，而是所有。谢谢你一直都在，就算我误会你、恨你的时候你都没有离开……以后的路就让我自己去走吧，陆怀箫，我希望有一天我们再见面的时候，我能找回自信。"

"我知道了。"

这便是告别了。在城市的街灯下，毕夏皎洁的面容如一朵雨后的山茶花，陆怀箫深情地凝望着她，想将她微笑的面容镌刻在心上，好怕自己一伸手，她就会消失不见。

毕夏快走到衣雅门口时，被路边蹿出来的一只野猫吓得脚步一顿，慌乱之中，她下意识回头，竟然看到了跟在身后的付文博。

她一怔。

昏黄的灯光下，付文博的背影是一团浓黑，穿着一件深色夹克的他，衣领竖起来，手抄在兜里，只露出一双阴森怨怼的眼睛，仿若伺机而动的野兽。

毕夏已经听说了他最近发生的事，拿到毕夏给的五十万元后，他孤注一掷地开始炒股，没想到很快就被套牢，他给母亲打电话想要借钱，被母亲拒绝。怕他不断纠缠，毕夏让母亲换了手机号码，又送她去邻城亲戚家暂时回避。

这个人心机太深，贪心太重，毕夏在清算衣雅的资产时才知道他中饱私囊，已经亏空了公司不少钱。

清冷偏僻的街道此刻并无旁人，毕夏感到危机四伏，心里一慌，转身便朝前跑去。

她听到身后传来紧追不舍的脚步声，一颗心都快要从胸口跃出来。

千钧一发之际她冲进办公室反锁上门，门口随即响起付文博敲门的声音。

"快开门！毕夏，你跑不掉的……"付文博在门外一边疯狂地叫嚣，一边抬脚大力踹门。

慌乱之间毕夏拿出手机拨打陆怀箫的电话，声音哆嗦得厉害。

"陆怀箫，救我！付文博跟着我到衣雅了……"

"别怕，我马上到！"陆怀箫一听，心骤然一紧。

毕夏竭力让自己镇定下来，然后将办公桌推到门口抵住。

"付文博，我已经报警了，你快走吧！"

"没想到我竟然会栽在你手里！"付文博歇斯底里，"你毁了我，我也不会让你好过！"

"是你自己咎由自取，如果你真心实意对我母亲好，为衣雅好，又何至于此？"

"你私刻公章签假的债务合同，毕夏，我真是低估你了！我听说衣雅已经被你卖了，我不管，你不再给我一百万我是不会放过你的！"

话语之间付文博已经找来一把工具敲掉门锁，毕夏惊呼着赶紧抵住办公桌，可毕夏的力气哪有付文博大？眼看着他一点点推开桌子，恐惧就像一条蛇，一口咬住了毕夏。

毕夏到底敌不过付文博，被他破门而入，混乱之间她抓住桌上的东西一股脑地朝付文博扔过去。付文博抬手挡开，步步紧逼，对峙之中毕夏很快被他抓住，她的手被他反剪在身后。毕夏拼命挣扎，抓住机会咬住付文博的手臂，他吃痛地松开手，然而，就在毕夏想要冲出去时又被付文博一把揪住了头发，他像拎口袋一样拎起毕夏，然后朝墙上用力甩过去，毕夏整个人被撞得七荤八素，眼冒金星，却依然挣扎着站起来与他搏斗。

付文博的耳光、拳头呼啸着落到毕夏脸上、身上，滴落的鲜血模糊了她的眼睛，她感到浑身都在痛，几乎绝望——就在这时，陆怀箫终于赶到，他抬脚便踹向付文博，眼里闪烁着熊熊怒火，恨不得撕碎了付文博。

这一辈子，他都没有像今夜这样害怕过，在听到毕夏的求救和手机里传来的搏斗声时，他简直快要疯掉！他冲上马路拦下一辆出租车，把身上所有的钱给司机，求他开快一点儿。司机也听到他手机里的声响，他用自己的手机报警后，一路闯红灯赶往衣雅。

"毕夏！"陆怀箫抱住伤痕累累的毕夏，声音微颤，"我来了，别怕，有我在！"

付文博没想到陆怀箫会出现，他以为他很快就能制服毕夏——他好像从来都低估了她。

他干脆从包里拿出事先准备好的液体，慌乱地打开时陆怀箫已经有所察觉，他起身和付文博争夺那瓶液体，然后听到付文博一声惨叫——身材高大的陆怀箫扣住他的手腕，他的手一抖，瓶子洒落一些液体，付文博的手上顿时血肉模糊。

那瓶液体是硫酸。

付文博握住自己受伤的手鬼哭狼嚎，警笛声由远而近，付文博被警察带走时还怨恨地盯着毕夏和陆怀箫，红着眼歇斯底里地吼道："我死都不会放过你们！"

陆怀箫送毕夏去医院包扎，大部分都只是皮外伤，最严重的是她眉骨处裂开一道一厘米长的口子，医生在用药酒擦拭伤口时，毕夏疼得喊出了声，陆怀箫的心跟着一颤，下意识地紧紧握住了毕夏的手。

毕夏听到走廊上黎允儿大声询问的声音，随即她便像一阵风般破门而入，看到毕夏狼狈的样子，又气又急，激动地抓住她的手臂左右打量："怎么会这样？毕夏，是不是很疼？会不会毁容……啊，呸呸呸，一定不会毁容！抓到付文博了吗？"

毕夏看着面前的黎允儿，内心温暖不已。

黎允儿这才注意到刚才被自己挤到一边的陆怀箫，眼里闪动着惊喜的光芒，期许地问："你们——"

她以为陆怀箫出现在这里，是因为毕夏给他打的电话。

"是陆怀箫救了我。"

"哦——"黎允儿故意拖长声音，眨巴着眼睛，"陆怀箫，你又救了毕夏，她无以回报，只能……"

毕夏立刻打断她，皱着眉喊："疼！"

黎允儿顿时紧张起来："哪里疼？是不是有内伤？"

正好医生开了药单，让陆怀箫去取药。毕夏望着他的背影时，黎允儿把手搭在她肩膀上认真地说："这么多年我都看出他对你的感情有多深……"

"我快要走了。"

"那又怎样？"

"这么远的距离。"

黎允儿扶住她的肩膀正色道："我知道你怕什么，但陆怀箫跟楚君尧不一样，跟那个李沐言更不一样，他心里只有你！"

猝不及防地听到"楚君尧"和"李沐言"的名字，毕夏的心被重重地撞了一下，她还是没有办法做到释然，没有办法做到风轻云淡。

原来有些温暖，一旦被温习，就有种心碎的感觉。

毕夏去录口供的时候才知道，付文博在得知她卖掉衣雅后就心怀怨恨，觉得被她骗

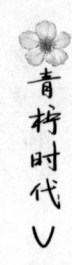

了，一直策划着绑架她，然后用硫酸逼她就范，将衣雅卖掉的钱转给他。

陆怀箫亦是后怕不已，看着毕夏浑身的伤，他恨不得再痛扁付文博一顿。

"我没事，"毕夏宽慰道，"只是没有想到这个人如此穷凶极恶，幸好我妈不在……"

"这个付文博，一定要让他坐牢！"黎允儿气得咬牙切齿，"今天如果不是陆怀箫及时赶到，后果真不堪设想。"

"还疼吗？"陆怀箫轻声地问。

毕夏这才想起进电梯间时她透过反光面板看到自己狼狈的模样，实在是可怖狰狞，下意识地捂住自己的脸："这个样子没法去面试呢。"

黎允儿这才知道毕夏已经拿到了意大利马兰欧尼服装设计院的录取通知书，虽然知道她最近在筹划留学的事，但没想到这么快，她惊喜地蹦跳起来："你你你……竟然以后是设计师了呢！我要做你的专属模特……"

黎允儿叉着腰朝前走了个模特步，又回眸一笑，这么多年，她虽然身量长开了些，不再像高中时那么胖，不过也没有如愿瘦成竹竿，她这一扭，令另外两个人忍俊不禁。

一个月后，毕夏飞往意大利米兰——那个温暖多雨的异乡。

送她去机场的是母亲、黎允儿和陆怀箫。即使她并不喜欢这样别离的场面，但他们坚持，她也就默许了下来。她在长大以后才明白，人生就是在一场又一场的告别中前行，但不管她走到哪里，这座海滨小城将会是她永远的牵挂。

二

楚君尧抱着书本回宿舍的途中，不断有人向他道贺，楚君尧并不是张扬高调的人，知道他的事被全校皆知时，颇有些尴尬——米荔在校园论坛上发了长文，说他设计的软件被人高价买走。

无意中知道米荔就是游戏中的"火枪手"后，楚君尧意外又感动，这一两年"火枪手"就像是一个良师益友，在他低落迷茫的时候对他多次开解。跟"火枪手"聊天已经成为他的习惯，即使不在游戏里携手战斗，挂着QQ时也会对"她"隐身可见。

现实里的米荔和网上的她其实一样，很善良、温暖，不同的是她在网上表现得更为沉稳内敛，所以他才一直觉得"火枪手"是个男生。但他并没有告诉米荔他已经知道她就是"火枪手"，只是慢慢地跟她在网上的聊天越来越少。

楚君尧在楼下见着室友何遇，他风风火火地一把拽住他："走走走，庆祝去！"

楚君尧一巴掌拍开他："我一会儿得回工作室，要做PPT（幻灯片）。"

他的快递分配软件被物流公司的罗总最终以二十万元的价格买走，购买协议一签订，罗总就将全款转给了他，虽然何遇和米荔参与的部分不多，但他依然将这笔钱分成了三份。

"我怎么有傍大款的感觉？"米荔拿着银行卡笑得眼睛都眯成了缝。

何遇也说："楚君尧，这笔钱我们干脆用来注册公司吧，你想法多能力强，由你当老板我一点儿异议都没有！咱们现在的这第一桶金，就是走上中国福布斯排行榜的第一块基石。"

"我赞成！"米荔欣喜地举起双手，"虽然我的专业是医学，但我已经选修了法学，以后可以做法务，要不然做端茶递水的前台也行呀！"

何遇笑起来："我发现有更好的职位适合你！"

"什么？"

"老——板——娘！"何遇在说完这句后赶紧开溜。

米荔的脸不由得红了，她把手抄进牛仔裤兜里，瞅了楚君尧一眼，紧张期许地说："不管你给我什么职位我都同意——"

"你不是一直想做医生吗？"

米荔扬起面孔，深情款款地望着他："可我更想待在你身边。"

楚君尧已经被米荔表白一百次了，他的拒绝她根本就不放在心上，就好像她说的："喜欢你是我自己的事。"

"米荔！"

"好啦，我知道你要说什么！"米荔撇撇嘴，直截了当地打断他，执拗地说，"不是已经分手了吗？反正你现在也单着，不如跟我交往试试？"

楚君尧抿紧唇，沉默不语。

"哈哈哈！"米荔见他没有立刻拒绝，心里一喜，大笑起来，"喜欢你这件事我是不会迷途知返的，所以你就从了我吧！"

"米荔！"楚君尧正色地说，"因为是你，所以我不会去轻易地说开始！"

"为什么？"

"因为我不想伤害你。"

"你怎么知道会是伤害？就算最后我们还是会分手，但至少你给了我一个机会……现在一点儿机会也不给，对我何尝不是另一种伤害？"

楚君尧叹口气："你不要再来找我了，我觉得很有负担，以后我也会躲着你——"

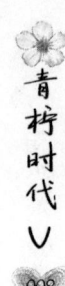

"那我们就维持现在这样吧。"米荔微微一笑。

她的笑容看上去灿烂明媚，楚君尧却觉得那笑容心酸隐忍，这不应该是属于米荔的，她是如此善良大气的女孩，应该有更好的人来呵护、回应她的感情。

"米荔，我不会再见你了！"楚君尧冷冷地说，"请你不要再来找我。"

说完这句楚君尧转身就走，米荔回过神来后即刻追上去挡在他前面："喂，你是不是心虚了？怕跟我日久生情？"

楚君尧皱起眉："米荔，要我说得再直白一些吗？即使只是做朋友，我也觉得很有负担。"

"那我以后再不说这些话了……"米荔已经是在哀求了。

楚君尧简直要被米荔打败了，如果换作是任何一个女生，在听到这么残忍决绝的话后都会转身离开，米荔却有着一腔的孤勇。

他只能再把话说重一点儿："我不喜欢你！讨厌你没心没肺傻笑的样子，讨厌你被人使唤却毫不在意的样子，讨厌你打了鸡血般活力四射的样子，也讨厌你没皮没脸贴上来的样子……"

他明明看到米荔眼里涌起晶莹的泪光，却还是毅然转身离开——他的手紧紧地攥起来，特别讨厌此时此刻的自己。米荔为他做的，他不是没有感动，正因为被感动，所以觉得愧疚自责。他想起了毕夏，想起他们分手时她的痛楚，想起她后来的种种，这些全都让他的心不能释然。

"楚君尧！"米荔在他身后喃喃出声，"就算你讨厌我，我也忍不住要靠近你！"

为了见楚君尧，她今天特意穿了高跟鞋，因为不习惯又着急，跟跄一步摔倒在地，大约是有所察觉，楚君尧回转身，欲走过去搀扶之时又停住，最后只得狠狠心转身离开。

米荔的眼泪"唰"地就落下来了，她一直觉得自己在爱情上是个没有天分的学生，只能刻苦努力才能拿到高分，但原来到最后他也没有给自己一个哪怕及格的分数。

三

何遇跟朋友庆祝完回寝室时，喜滋滋地哼着歌，见到楚君尧坐在桌前发呆，恶作剧地凑过去大喝一声。

楚君尧抬手推开他："别闹了！"

何遇满脸春风："知道我刚才遇到谁了吗？学院篮球队的队长邵昆，他之前不同意我参加院队，今天竟然主动邀请我加入。"

楚君尧扫他一眼。

"我算明白什么叫'一人得势，鸡犬升天'，"何遇停顿一下，讪笑起来，"呸呸呸，我咋能这样说自己呢，但楚君尧，你是没见邵昆那副嘴脸呀，真是谄媚得让人鸡皮疙瘩都掉一地。"

见楚君尧没理会他，他继续说："开公司的事你想得怎样了？大学生创业其实也挺多的，咱们得趁热打铁呀，抓住现在的知名度和人气赶紧再做几个项目出来。"

"你见到米荔了吗？"楚君尧突然问。

何遇被他没头没脑的话问得一怔："没有啊，她怎么了？"

楚君尧低头沉默。

"你们吵架了？因为她在学校论坛宣扬物流软件的事？这是好事呀，干吗那么低调……"何遇絮絮叨叨，"真不明白你为什么不喜欢米荔，她比沈冬晴差在哪里？明明她更漂亮，性格更开朗……"

眼看着楚君尧脸色越来越阴沉，何遇不由得噤声。

楚君尧猛然听到"沈冬晴"的名字，心下一片黯然，他以为他能够做到拿得起放得下，但原来感情这种事最不能用理智来控制。有时候他从出神中醒转过来，才发现自己陷入回忆里，他想起和沈冬晴之间的点点滴滴，她撞坏他相机时惊慌失措的样子，他给她拍照时她局促紧张的样子，他脚抽筋时她冲上球场不管不顾的样子，她替他挡下砖头时英勇无比的样子……她用润物细无声的方式走进他的心里，却又抛下了他这颗心。

他感觉到胸口一阵发闷，站起身想要出门透透气，竟然眼前一黑，身体一晃重新跌坐下去。

何遇察觉他的异样，低呼着问："你病了？"

"有点儿感冒，不要紧。"

"最近你熬夜太多，得好好休息下。"

"我去工作室看看。"楚君尧心事重重地回道。

这些天楚君尧一直觉得头昏脑涨，浑身不适，此时此刻看着握着鼠标的手都觉得迷糊，下意识地拿起手机，当他听到手机里传来沈冬晴的声音时，顿时内心酸楚，满眼都是泪。

"楚君尧？"沈冬晴在图书馆看书，握着手机压低嗓音走到僻静处，一连叫了他很多次他都没有回应，只听到了粗重的呼吸声。

"楚君尧你怎么了？"沈冬晴有些急了，"你在哪里？"

好一会儿她才听到楚君尧虚弱的声音："你还好吗？"

"你喝酒了?"

"我倒是想让自己大醉一场。"

"你生病了?"

"我的心病了,很痛……"楚君尧哽咽一声,"一直以来我都拒绝承认我喜欢上你,事实上喜欢你这件事会让我觉得抓狂和丢脸……我告诉自己我很讨厌你,你又土又傻,瞧,所有人都觉得你对我的感情是不自量力,可是沈冬晴,我特别后悔,后悔那个时候没有勇敢地坦承自己的内心,后悔没有早点儿抓牢你,所以我不仅伤害了你,还伤害了毕夏。"

沈冬晴静静地听着。

"有时候我觉得自己特别糟糕,为什么可以同时喜欢上两个人?不,沈冬晴,年少时的喜欢是真的喜欢,但后来的爱也是真的爱……我没有想到我对你的感情竟然超越了毕夏。我爱你,比我想的还要多。

"我胆怯、迟疑、纠葛……我真的很害怕,害怕面对别人的指责和良心的谴责!所有人都说'楚君尧你很优秀',可只有我知道为了维持'优秀',我做了多后悔的事——我不肯承认早就喜欢上你,所以我再也没有机会……"

楚君尧语无伦次地说着,也许是因为生病让他变得脆弱,也许是在这样清冷的夜晚他觉得伤感,所以他不停地诉说着自己的成长,诉说着他那些纠葛的心路历程。

当他昏昏沉沉地睡去时,通话都没有来得及挂断,而沈冬晴在电话那边的呼唤他也没有听见。

在半梦半醒间,他看到十六岁时的自己,那个意气风发的自己,和敬嘉瑜、何晨宇在洒满阳光的校园里追逐打闹,那时的他意气风发,成绩优异,兴趣广泛,对每一件事都笃定自信,每一天都顺风顺水……十六岁的毕夏站在他面前,浅浅微笑,矜持美好,当她朝自己走近的时候,他猛然看到她身后的家烧了起来。浓浓的火光映红了半边天,他拼命地喊:"毕夏,快躲开,着火了……"毕夏却没有听到他的喊声,他只能一头冲进火场想要拉她出来,他感到自己也被火给吞噬了,滚烫灼烧,不由得喊着:"水……水……"

迷糊间有人递给他一杯水,他抿了一口,使劲儿睁开眼,好一会儿才看清楚面前的人是沈冬晴。

"着火了,你快离开这里。"楚君尧喃喃说完这句,又昏沉地闭上了眼睛。

"他这是烧糊涂了吧?"一旁的何遇对沈冬晴说,"没想到这么严重,幸亏我们过来了。"

沈冬晴挂了楚君尧的电话，心里不放心又给他拨过去，却一直没有人接听，她就往他宿舍打电话，何遇说他不在，她把自己的担心告诉了何遇。

何遇想起楚君尧离开时脸色不好，也不由得紧张起来。

他打开工作室的门看到楚君尧因为发烧昏睡过去，手足无措之际，沈冬晴也赶了过来，何遇见到她有些意外："你们俩……不是已经分手了吗？"

沈冬晴抬手去摸楚君尧的额头，然后拿出准备好的药，吩咐道："烧点儿热水，让他先吃退烧药。"

何遇撇撇嘴，觉得被沈冬晴使唤了。大约因为毕夏和米荔的关系，他对沈冬晴并没有多少好感，更觉得这个女生太有心机，是那种死乞白赖喜欢你，但得到又不珍惜的人……要不是因为沈冬晴自己跑来，他本想着打电话让米荔来照顾，说不定还能撮合他们俩。

他有些气呼呼地烧了水，等他拿着水杯回到卧室的时候，看到沈冬晴正用湿毛巾给楚君尧敷额头，她的侧影逆光，看不清表情，但直觉上他知道她正注视着楚君尧。

"既然这么关心他，为什么要分手？"何遇的语气有些冷嘲热讽。

沈冬晴半扶起楚君尧，想腾出一只手喂药却有些吃力，头也不回地说："你来。"

何遇压着心里的怨气，托着楚君尧斜坐在床边，看沈冬晴把药片塞到他嘴里，又喂了一些水。

这么近距离地打量沈冬晴，何遇也没有觉出她有多特别。五官只是清秀，眉眼间都是疏离，嘴唇紧紧地抿着，穿着一件起了毛球的套头衫，中规中矩地扎着马尾辫——这样的女生若是在马路上遇到了，他根本不会多看一眼。

他不甘心地继续追问："喜欢楚君尧的女生多了去了，你为什么不知道珍惜，还要跟他分手？"

沈冬晴扶着楚君尧躺下，给他掖了掖被角，轻声回答："我们没有分手。"

"啊？"

"对我来说，楚君尧是永远的朋友，所以我们永远也不会分手。"

何遇对这个解释不满意，但知道不管他怎么追问，沈冬晴和楚君尧都是一样的性格，不愿意说的只会守口如瓶。

"说得这么好听，但你明知道楚君尧对你不仅仅是朋友的感情。"何遇冷哼一声，走出房间。

沈冬晴抬手轻抚楚君尧蹙起的眉头，喃喃地说："楚君尧，我从来没有后悔喜欢过你，也从来没有后悔为你做过的任何事，原本我的青春只有苍白，是你给了它最明亮的色彩。"

天蒙蒙亮的时候，楚君尧的烧终于退了下去，一晚未合眼的沈冬晴揉着酸涨的眼睛站起身，她走到窗边看着将要苏醒的城市，往事如浓云翻滚而来。

很长的一段时间她觉得自己再也振作不起来了，父母的突然离世让她的世界崩塌了，她整夜地哭，恨不得随他们而去，那个有着大海和滩涂的村庄曾是她最热爱的地方，现在却是她最想要逃离的地方。

最痛楚的时候，她多希望裴雨阳能出现，可是那个时候陪在她身边的人是楚君尧。

命运兜兜转转，要告诉他们什么？是有些人想要珍惜，却已经来不及……

她低下头才看到手背上的泪滴，心里怅然地叹息，拿起手机翻看之前拍摄的照片，最后几张照片是她去西溪找正在拍摄电视剧的裴雨阳时随手拍的风景照，还有一张他上妆后她偷拍的照片，认识裴雨阳时觉得他狂妄自大，胡作非为，每天就只知道跟父母作对，想着法儿地逃学，但没想到现在的他变得如此踏实认真。

她也想起当自己举着手链问他还愿不愿再戴着它时，他的回答——时至今日，每每想起来依然让她痛彻心扉。

下意识地，她在百度上开始搜索裴雨阳的新闻，她想要知道他的近况，他接了新戏吗？之前参演的作品有没有上映？她一直屏蔽着他的消息，也不准好友薛珊提到他的名字，她觉得他们再也没有理由见面了，可是天知道她有多思念他。

行走在校园里的时候，在图书馆的时候，又或者从睡梦中醒来时，时间都会被拉伸得很漫长，那个故人仿若就站在那里，沉默不语就已让她泪流满面。

她浏览到他之前拍摄的那部作品的新闻，说是一场水上戏发生事故，道具船侧翻沉水，有群演在溺水中受重伤——她知道那个人是杨美清，后来得知她被抢救过来，她也就没有放在心上。

沈冬晴鬼使神差地找到了杨美清的微博，想知道她的近况，令她错愕的是微博的最新消息是杨美清放的一张自己在病房里戴着呼吸机的照片，而下面竟然有裴雨阳的留言：对不起。

杨美清的回复是：现在的你终于能看到我了。

四

黎浩天和妻子坐在客厅里听着从女儿房间传来的阵阵笑声，他们相视一笑。

"好久没有听到这样的笑声了。"黎浩天感慨地说。

"是呀，虽然允儿看着跟以前一样，嘻嘻哈哈的，但我知道耳朵听不见……对她打击很大。"

"我们的女儿长大了。"

"现在的允儿，倒是跟小时候差别很大。"

黎浩天听妻子这么说，笑意更浓："小时候的她贪玩贪吃，一天一个想法，一会儿梦想是这个，一会儿愿望是那个，但都是三分钟热度罢了。"

"现在看她这么努力认真，我总算是放下心来了。"

"也不知她和那个男孩怎么样了。"黎浩天思忖一下，"你跟她说让她把那个男孩带回来让我们见见！"

黎允儿的幸福感染了家里的每一个人，虽然她和以前一样说说笑笑，但那份从眼里溢出来的甜蜜怎么都藏不住。她一听到电话铃响就像上了弹簧一样马上接起来，若是姚元浩打来的，她的声音立刻会变得温柔如水，有时候母亲去她的房间，发现她握着手机就睡着了，通话记录显示他们竟然聊了一整晚。

有假期的时候姚元浩就会从成都回来，又或者黎允儿飞到成都与他相聚，即使他们只是十指相扣地散步聊天，已经是满心的欢喜。

"陆怀箫说我的计划书有风投公司打算近期约见。"黎允儿叹口气，对姚元浩说，"但我总觉得计划书还不够好……"

"我相信你！"

"可是……"黎允儿欲言又止。

她想说的是怕欧洋又从中作梗。上次若不是姚元浩他们帮忙找到关键证据她就会有牢狱之灾，一想到欧洋母亲的势力，她就觉得胆寒。父亲公司的经营情况如今很不乐观，之前他们被对手公司步步紧逼，抢资源、挖员工、争客户，现有的项目已经流失得七七八八，如果新项目还不能及时跟上，那公司就只能关门歇业了。

"可是你现在有我的鼎力支持，所以一定会成功！"姚元浩一直为黎允儿打气。

黎允儿甜蜜地笑了，又微微地叹口气。

"怎么了？"

"公司现在是在生死存亡之际，我没别的退路了。"

"好好做准备，他们一定会看到你的潜力。"

"但愿如此。"

黎允儿现在有时间就会看书，她终于明白为什么念书时毕夏会对数学题那么执着了。当一个人有了目标，就会和自己死磕到底。就像现在的她，只是为了写一份计划书

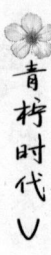

就觉得自己有好多不足的地方，专业知识理解不够，专业术语运用不当……即使在国外待了两年多，但英文还是不够熟练。她需要学习的东西太多了，即便是在去往成都的飞机上，她都捧着一本书看，有时候，她不由得想，若是当年考大学她也有这股拼劲儿，也不用去国外绕那么大一个圈子再回来了。

黎允儿拿着准备好的PPT走进"宜信创投"公司的会议室时，握了握拳头，深吸了一口气。

今天她特意打扮了一番，一套白色西装配着碎短发，显得利落干练，英气逼人，她甚至化了淡妆，为了让自己显得更成熟一些。

今天的项目推介会不仅有黎允儿一家公司，还有别家公司，当黎允儿忐忑地走进会议室时，环顾四周发现已经坐着"宜信创投"公司的几名高管，他们正正襟危坐地审视着她。

黎允儿尽量从容地把PPT打开，打算介绍自己的商业计划，可是刚开头就被人打断了。

"你先告诉我们回报率是多少。"

"啊？"黎允儿一愣，对上对方冷厉的目光，紧张得声音都磕巴了，"这个，这个后面我会提到，回报率呢，从目前市场上看需要一到两年的孵化期……"

"我只要结果。"打断他的人声音更加不悦，"我们没有那么多时间去听你啰唆，你只要明确告诉我们，你给我们多少回报率，你的卖点在哪里？你的核心技术是什么？"

打断黎允儿的男人看起来还很年轻，大约三十岁的年纪，穿着一件灰色衬衣，袖口挽到手臂，此刻正靠在椅背上，面色冷峻，目光不屑地望着她。

室内的暖气太足，黎允儿感到很热，额头上沁出细密的汗，她咬了咬唇，竭力让自己镇定下来："我觉得回报率不是重点，重点是我推广的这个节能项目会节约很多资源，也是一件有意义的事……"

"灰衬衣"的嘴角扯出讥诮的笑意，再一次打断她："小姐，我们虽然做的是天使投资，但并不是慈善家，资本的运作是反着来的，不是从过程到结果，而是先要让我们知道结果。如果你连这个都不懂，那你站在这里就是个笑话。"

黎允儿一时语塞，之前陆怀箫已经提醒过她这一点，只是她觉得融资的根本就是要告诉投资人这个项目有多好，至于回报率——这个数字太虚了，说高说低都不好，所以她给出的回报率是一个大概的数据。

黎允儿已经知道自己失败了，想着所有的努力付诸东流，又气又恨，索性破罐子破摔地瞪着"灰衬衣"叫板："我知道给钱的是大爷，但如果你们连起码的尊重都没有，随意打断别人、评价别人，那这大爷的钱我还不稀罕了！"

说着黎允儿开始收拾自己的东西，她踩着高跟鞋"咚咚咚"地走到"灰衬衣"面前，狠狠地盯着他，后者下意识地往后一退，黎允儿"啪"的一声拍在桌子上，抽走自己的那份资料，霸气十足地冲他挥舞一下："这个回头就会被你扔进垃圾桶吧？所以也不劳烦你——大爷了！"

她仰着头一转身走出会议室，高跟鞋硌脚，她干脆在众目睽睽下脱下来拎在手里。虽然黎允儿走得帅呆了，心里却在哭喊："苍天呀——"

会议室里安静得瘆人，项目组经理关勤尴尬地对"灰衬衣"说："高总，对不起……"

"你说你们项目组怎么筛选项目的？"另一位老总厉声道，"先不说项目，就这种横冲直撞的丫头片子，她能成功吗？动不动就……"

"把你那份计划书给我看看。"高志翔从关勤手里抽走黎允儿的计划书，不轻不重地说，"这种性格创业倒是有股闯劲。"

听完他的话，所有人都面面相觑。

五

深秋的北京阴雨连绵，整个城市被晦暗的雾气笼罩着，冷风从四面八方倒灌进这座城市。沈冬晴穿着雨衣在满是落叶的校园拍雨景——也许只有专注于做这件事的时候，她的心才能回到平静之中。

"喂，你干什么？"一个男生怒气冲冲地朝沈冬晴走过来，伸手就要夺走她手里的相机，后者下意识地往背后一躲。

"把相机交出来！"男生恶狠狠地盯着她，"你拍这些照片想要做什么？"

"我？"沈冬晴莫名其妙，然后明白他是误会了，解释道，"我没有拍你，我在拍风景，如果不小心把你拍进去，我删掉就是了。"

沈冬晴把相机打开，准备调出照片时，男生抢先一步抢走相机，然后把她的存储卡取出来："我先回去检查，最好如你所说只是风景，要不然你给我小心点儿！"

男生冲她挥了挥拳头。

"你怎么可以这样？"沈冬晴恼怒地想要拿回自己的存储卡，后者一握拳将手举高。

他身材高大魁梧，沈冬晴哪是他的对手，只能气急败坏地瞪着他。

"你的电话号码给我，晚一点儿我联系你。"

沈冬晴无奈，只好把电话号码报给他："里面的照片不准你乱删！"

"知道了！"男生离开时，刚才和他在一起的女生巴巴地跟在他身后。

沈冬晴一直等了好几天都没有等到那男生打电话来，虽然很懊悔，但她也只能自认倒霉。所幸相机里的照片她都有拷贝出来，只是最近的还没有来得及上传到电脑里，看来是找不回来了。

这天她跟薛珊一起回宿舍的时候，在宿舍楼下遇到了那个男生，他一边打电话一边朝楼上望，面色看上去很阴郁。

薛珊看到她望向那个男生，"扑哧"就笑了，调侃道："你也被他吸引了？"

"怎么可能？"沈冬晴没好气地说，"那天就是他抢走了我的存储卡！"

"他呀！"薛珊恍然大悟，"难怪呢！"

沈冬晴询问地望向她，薛珊回答："他叫顾祁俊，是旅游系的风云人物，不是因为他长得帅，而是因为他有一个大他八岁的女朋友。"

沈冬晴并不八卦，但她想起那天和顾祁俊在一起的女生，她看上去很年轻，应该比顾祁俊小或者与他同龄，所以他才担心她拍了这样的照片被自己的女朋友看到吧。

在对上沈冬晴的目光时，顾祁俊的眼光一下就被点着了，他三两步冲过来，质问道："是不是你？"

沈冬晴一怔，被问得莫名其妙。

"你说，是不是你告诉文琪的？"

沈冬晴皱眉："我都不认识你说的文琪。"

"别装了，一定是你暗恋我，然后趁机想要破坏我和文琪的感情……"

沈冬晴无语了——这个人是神经病吗？

"我不管，你不去说清楚我不会放过你！"

"第一，我不认识你，更谈不上暗恋。第二，存储卡你已经拿走了，里面拍的什么照片你应该很清楚。第三，你似乎是在脚踩两只船，这种行为本身就很可耻，你女朋友跟你分手那是她的明智之举！"

"你！"顾祁俊气得怒目相向，干脆拽住她的手臂，"你去给我说清楚……"

"你松开！"沈冬晴气恼，"明明是你自己做错事，为什么要推到别人身上？"

薛珊也赶紧挡在沈冬晴前面："你这个人怎么蛮不讲理？如果你再动手我就去找保卫处的人了！"

"你去呀!"

顾祁俊一把推开薛珊,再一次抓住沈冬晴的手臂,捏得她一阵生疼。

她抬脚朝他踢过去,顾祁俊下意识地松开手,沈冬晴牵着薛珊赶紧跑进宿舍。

"这个人有毛病呀!自以为是、偏执、古怪,简直就是个疯子!"薛珊气咻咻地说,"冬晴,你可得小心点儿,这种人就是疯狗,逮着谁都咬。"

沈冬晴以为这件不愉快的事很快就会过去,没想到几次三番在校园里遇到顾祁俊,他都缠着她要她去向女朋友解释,他认定是沈冬晴看到那天他和别的女生在一起所以才告的密。

沈冬晴不胜其烦,只能处处躲着他。

这天沈冬晴从图书馆出来时,没想到半路上又被顾祁俊拦住了,他喝了些酒,面红耳赤地喷着酒气:"你去跟文琪说清楚,要是她不肯和我和好,我不会放过你!"

"你快走开!"沈冬晴对他厌恶至极。

可是她朝左走,他挡在左边,她朝右想要绕开他,他又挡在右边。

"如果你再这样我真的会告诉保卫科。"沈冬晴厉声警告。

"你去呀!"他激动起来,抬手推搡沈冬晴,在他想要挥动拳头的时候,另一只手牢牢地控制了他的手。

沈冬晴错愕地微微张大嘴巴,她没有想到裴雨阳竟然从天而降般出现在她的面前。他穿着一件黑色运动衫,棒球帽檐压得很低,看不清他脸上的表情,沈冬晴的眼泪夺眶而出。

"关你什么事?"顾祁俊想要抽出手,可动弹不得,他恼羞成怒,挥起另一只手,裴雨阳一侧身,抓住他另一只手,双手扣到背后,再压住他的背。

"你给我听清楚了,如果你再来骚扰她,我不会放过你!"裴雨阳沉沉地说。

"那你打死我好了!"顾祁俊突然歇斯底里地一喊,然后身体向前一倾,裴雨阳怕弄伤他,只得松开了手。没想到他半跪在地上捂着脸哭了起来。

"裴雨阳,你怎么来了?"沈冬晴直直盯住他。

"我来这边拍戏,顺便——"

沈冬晴突然一把抓住他的手:"这是我的学校,怎么可能是顺便?"

裴雨阳的眼神躲躲闪闪。

"你是来见我的,对不对?"沈冬晴追问道,她的声音透着痛楚的期许。

"裴雨阳,你为什么会出现在百花山?

"裴雨阳，你为什么会出现在乌石塘村？"

"裴雨阳，你又为什么会出现在这里？"

裴雨阳心如刀绞，他转过面孔，生硬地回答："对，我不仅去了百花山，去了乌石塘村，还在你受伤住院的时候去了医院……那个时候你和谁在一起？是楚君尧呀！你获奖的照片是和谁一起拍的？是楚君尧呀！我明明知道你对他情深义重，却一直觉得你就算是一块石头，我也能把你焐热！但即使是我们感情最好的时候，你也在欺骗我……"

"那琳琳呢？你和她是什么关系？"

她脱口而出，心里一痛。

"那我告诉你，我和她没有关系！"裴雨阳眯起眼睛微微一笑，说得轻描淡写，"那只是我的试探，如果你真的在意我，为什么不来质问我？"

沈冬晴突然抬手朝他的胸口捶打下去："是这样吗？是这样撒泼哭闹让你说个清楚吗？"

裴雨阳没有动，任由她发泄着情绪，她的拳头并不重，但仿若砸在他心上，是疼的。他上一次见到她这样失控是顾珊去世，她整个人就像碎掉了，凌乱不堪。此时此刻，她这份抓狂却让他感到幸福——她如此痛楚是因为对他有感情吗？

顾祁俊看傻了眼："沈冬晴，原来你真的没有暗恋我……"

他的话简直让沈冬晴哭笑不得，裴雨阳冷哼一声："别嘚瑟了，她连我都不要，何况是你？"

"那你为什么要去挑拨？"顾祁俊不服气地问。

"我没有！"沈冬晴已经解释一万次了，这个人固执得让人无语。

"真的不是你？"

"别为你自己的错找借口了！"裴雨阳火暴地撸起袖子，后者下意识地一缩脖子。

"她会和你分手，不是因为别人说了什么，从头到尾都因为你做了什么！"沈冬晴说。

顾祁俊垂头丧气，喃喃地说："我不能没有她——"

"那是你自己的事！以后别再来骚扰她！"裴雨阳挥挥拳头。

顾祁俊站起身，扫了他们一眼，然后抹了一把脸上的泪，踉跄离开。

裴雨阳迟疑一下："我要赶回剧组，那个……"

"不许走！"沈冬晴仿若变了一个人，一把拽住他的手臂，勇敢地扬起面孔，"你还没有告诉我，你为什么会出现在这里？"

裴雨阳长久地没有说话，他盯着沈冬晴的脸，再看向她拽紧自己的手，所有的防线都崩塌掉，心软成了一摊水，终究还是放不下她，即使万劫不复，他也认了——他握住她的手，随即将她狠狠地拥在怀中。

他觉得自己真的疯掉了，面对好不容易来找他的沈冬晴，面对那唯一一次的机会，他却违心地说了那句拒绝的话，他日日都在后悔。沈冬晴意味着什么？是他的青春，他的梦想，是他渴求渴盼的幸福，可是那个时候，他整个人都慌乱了。因为他没有来得及救杨美清，害她几乎丧命。

裴雨阳再顽劣，再叛逆，却有着一颗最正直善良的心，他宁愿让自己吞噬被惩罚的后果，也不想当作什么也没有发生地重新和沈冬晴在一起。

只是心里一直担心她，所以才会在私下里偷偷地联系薛珊，打听她最近的情况，没想到薛珊说她被人纠缠，他心里着急，立刻从上海赶来，跟在她身后的时候正遇到顾祁俊来找麻烦，便愤然出手。

"裴雨阳，到底发生了什么？"沈冬晴在他的怀里轻声问，"不管是什么，我都原谅你！"

"杨美清——"

沈冬晴听到这个名字，心里一沉。

"那天沉船的时候，她就在我的身边，她向我拼命求救，可我掠过她，游向了你……"

沈冬晴身体一滞。

"我只能救一个人，所以我自私了……"

沈冬晴恍然大悟，原来如此。

"当时我想去照顾杨美清赎罪。"裴雨阳缓缓地说，"我觉得我再也没有资格和你在一起。"

"所以，不关琳琳的事？"

裴雨阳苦笑一声："没想到你这么记仇！"

"杨美清她……"

"因为溺水太久，她的肺叶严重受损，在重症监护室住了两个月，九死一生，现在身体依然很虚弱，不能做剧烈的运动，有时候要靠着仪器呼吸。"

"你们？"

"她不愿意原谅我……"

"那你呢？你要用你的感情去偿还吗？"沈冬晴推开他，"杨美清怎么会接受你的怜悯？而我呢，你有考虑过我的感受吗？如果是这样，我宁愿当初你救的人是她！"

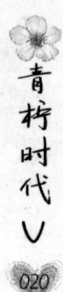

裴雨阳扶住沈冬晴的肩膀，千言万语，只能汇成一句："对不起。"

杨美清出院之后裴雨阳去看过她几次，她的情况不容乐观，像这样阴冷的天气她根本就无法出门——只是一个小小的感冒就可能要了她的命。她对裴雨阳说，你知道我是一个爱玩、爱笑、喜欢热闹的人，但是现在我没有办法出门，也不能去人多的地方，真的无聊透顶。

杨美清说："裴雨阳，你把我害得这么惨，如果要我原谅你，只有一个要求。"

杨美清盯着他，歇斯底里地喊："既然我一辈子都不能获得健康，那你一辈子都不会得到幸福！我不许你和沈冬晴在一起！"

杨美清的要求自然是任性无礼的，其实裴雨阳可以全然不顾她的，她做了很多坏事，也不是一个善良的人，可他没有办法说服自己忽略她的恨意。所以裴雨阳为了让她先安心养病便答应了她这个荒诞的要求。

年少的喜欢能有多深呢？

这是母亲问他的话，母亲说："等到你走了很远的路，见过很多的人，你就会知道沈冬晴不过如此。"

是的，她不过如此。

但她占据了他整个青春，还有他整颗心。

 第三章

过尽千帆，明媚如初

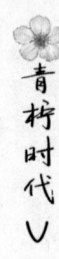

一

12月的米兰，冬季才刚刚开始，整座城市潮湿温润，空气清冷，跟毕夏的故乡倒是有几分相似。

毕夏的适应能力一直不错，她很快就融入新的生活和学习里去，平日里会四处走走，了解这座地中海城市的风土人情。米兰是一个游走在时尚和古典之间的城市，它将这两者演绎得游刃有余，风光无限。除了有世界上最大的哥特式教堂——米兰大教堂，也有各种展示世界最前沿时尚和潮流风向的名牌旗舰店——一年一度的米兰时装周更是吸引了全世界的目光。

而她的学校马兰欧尼是意大利最为著名的时装学院，每年都有世界各地的学生来到这里求学。毕夏申请的是两年国际班，专业是服装商业，学费当然也是极为昂贵的，但母亲竭力反对她再去打工，她将足够多的钱存进毕夏的账户，告诉她，这两年她的目标就是把专业学好。

毕夏在米兰的生活很平静，让她觉得头痛的大概只有随堂作业。虽然她有绘画功底，但设计图和绘画是两个概念，再加上之前她对时尚并无多少了解，连一些大牌名字都记不住，一切都是全新的开始。

她找来很多时尚杂志翻阅，随时做记录，即使只是在马路上行走，都在观察行人的穿着装扮，不同的体型该搭配怎样的服装……

她跟黎允儿聊天的时候，也会问起她喜欢的服饰风格……黎允儿在电话那边大笑，说毕夏已经回到高中时那种走火入魔的状态了。

"什么？"毕夏不解地问。

"那时候的你一天到晚脑子里都是数学题，就算是跟楚君尧在一起时，讨论的也是这个……"黎允儿停顿一下，小心翼翼地说，"我不是故意提到他的。"

"都过去了……"毕夏酸涩地一笑，"已经是很久很久以前的事了。"

恍若隔世。

"何晨宇说楚君尧的一个软件项目研发成功了。"

毕夏点点头："我听敬嘉瑜提过了。"

高中时的同学毕夏联系的很少，敬嘉瑜在香港上学，之前她在香港转机去米兰时要在机场停留五个小时，敬嘉瑜知道后赶来与她见面，她还记得他提到过的姚沛涵，那个陪着他一同备考港大，又把机会留给他的女生，但敬嘉瑜说他们并没有在一起。

"他们三个好朋友就何晨宇最没事业心了。"黎允儿撇撇嘴，"虽然学校还是重点，但他学的竟然是历史文献学，就他这种玩世不恭的富二代，能静得下心来做学术研究吗?"

黎允儿在看到何晨宇藏在抱枕里的表白信后才明白了他的心意,但她一直没有戳破,两个人依然像以前那样,以互相抬杠打击对方为乐,在知道她和姚元浩在一起后,何晨宇也只是恭喜她终于得偿所愿。

黎允儿不想失去这个朋友,年少时的友情在她经历职场的虚与委蛇后才更觉得珍贵。

毕夏推着三轮板车吃力地往桥上走,她今天去旧货市场淘了一架缝纫机,打算自己裁剪布料,制作一些样品出来。这架缝纫机已经有些年头了,但因为上面写着"中国制造",她还是毫不犹豫地买了这个"新朋友"。

怎么运送回家让她有些犯难,老板说他有辆运货的三轮车,她就决定自己运回去。

骑到这个弧形的桥时她蹬不上去了,只能下车推着走。

"你的样子真是滑稽!"

突然响起一道戏谑的声音,毕夏转过身一看,是室友靳雯雯的男朋友。

毕夏通过中介和来自武汉的靳雯雯成了合租者,靳雯雯现在是一家经纪公司的签约模特,两个人的关系并不熟稔,大约因为她们都忙,毕夏忙学业,而靳雯雯除了工作还有很多的活动,她时常熬夜,有时候天快亮才醉醺醺地回来,忘记带钥匙就不停地按门铃,经常送她回来的人是她男朋友穆锡,他虽然是华裔,不过一直在米兰生活,今年刚三十岁,身材魁梧,打扮穿着极为考究。

毕夏礼节性地颔首示意。

"需要我帮忙吗?"

"不用了。"毕夏淡淡回答,"已经快到了。"

"所有的事你都喜欢这样亲力亲为吗?"穆锡跟在她身后。

"这种事我可以应付。"

"靳雯雯可不会……"穆锡轻佻地笑了,"她懂得利用自己的优势——你知道的,她很美,而所有绅士都愿意为美丽的女士服务。"

"是吗?"毕夏的语气更淡了,她独自把三轮车推上桥顶,然后骑上它,头也不回地滑下坡。

她的冷漠让穆锡一怔,之前见过她几次,但她几乎连正眼都没有看过他,每次开了门转身就离开。她浑身都透着"生人勿近"的气息,她不知道自己也很美吗?与靳雯雯那种艳丽的美不同,她如清水芙蓉,在米兰这个西方的时尚之都,她的东方美更显

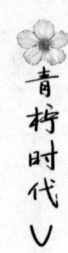

别致。

他回到自己的车里,然后一路跟着毕夏,看她在淡蓝色的天空下穿着白色羽绒服骑三轮车——在他眼里他真的觉得这一幕滑稽可笑极了。

他不由得笑出声,心情格外地愉悦。

当毕夏停下来一个人搬着缝纫机上楼时,他抢先一步替她摁开电梯:"我不介意帮你这个忙。"

"真的不用。"

"你是不是对我有意见?"

"这是你的误会。"

穆锡又哈哈大笑起来:"没想到你这么伶牙俐齿。"

"我好像并没有说什么好笑的话……"

"一本正经讲笑话的人才可爱。"他调侃道,"就当我误会你对我有意见,那让我们消除成见,你好,我叫穆锡,你呢?我甚至连你的名字都不知道。"

毕夏没有回答,正好电梯"叮"一声开门,毕夏吃力地抱着缝纫机走出电梯间,穆锡再一次无声地笑了,自言自语道:"有点儿意思。"

毕夏走到门口,还没有掏出钥匙,靳雯雯就已经拉开门,她的目光掠过毕夏,有些惊讶地看着跟在身后的穆锡,狐疑地问:"你们怎么会在一起?"

靳雯雯穿一件贴身的V领针织衫和一条墨绿色喇叭裤,衬出修长高挑的好身段,一头棕色的小卷发,脸上画着精致的妆容,两瓣唇涂得又浓又满,妖娆得像池塘深处的水草。

"只是在门口碰见——"穆锡抬起手给了靳雯雯一个拥抱,但他的目光随着毕夏飘进了房间。

"她可真够冷的。"穆锡笑了,"不如你邀请她参加我们的聚会?"

靳雯雯推开他,冷哼一声:"穆公子有兴趣?"

"别想那么复杂,只是觉得她挺有个性。"

"我还不懂吗?对付你们这种花花公子,不过是欲擒故纵的手段。"靳雯雯转身,"来接我的吗?我已经准备好了。"

穆锡哪管她的不悦,跟在她身后进了电梯,一手揽住她的肩凑过去调笑:"即使她真的是用手段,跟她玩玩也还不错。"

"穆锡!"靳雯雯扬高声线,"你把我当什么了?"

"当什么?"穆锡依然玩世不恭地笑着,"难不成你以为是我的女朋友?"

靳雯雯的脸一下就沉了下来。

毕夏倚在窗前，望着上车的靳雯雯，迟疑着是否要在日后提醒她。她觉得穆锡是一个轻狂浪荡的人，但看着他的豪车，转念觉得自己是多虑了，他是怎样的人，靳雯雯何尝不清楚？

第二天天快亮的时候，靳雯雯才回来。

今天的她比往日醉得更厉害，当毕夏打开门时她脚步虚浮，几乎摔倒，毕夏及时地扶住了她，香水加酒精的浓郁味道扑面而来，她的脸红扑扑的，手却极为冰凉。

毕夏扶着她躺到自己床上，替她脱鞋盖上被子——她和靳雯雯的生活如此不同，但她并不厌恶。每个人都有自己的活法，她也明白像靳雯雯这样的女生要在国外立足有多难。

起身的时候靳雯雯突然拉着她的手说："你看到我的包了吗？最新的款式，五千欧元，穆锡买给我的，他有钱，有人脉，长得也不错……"

毕夏默默地听着。

"遇到他的时候我觉得自己太幸运了，那时候我很落魄，以为在国内小有名气就想到国际上闯出点儿名堂，可来到这里我傻眼了，明星大腕云集，我算什么呀？最惨的时候我只有一张回国的机票钱，可我就是想赖在这里……

"你有梦想吗？我的梦想就是要走上世界上最好的T台……你知道我付出了多少吗？为了保持身材我要吃得比兔子还少，为了训练我要穿15厘米高的鞋，皮开肉绽也不能停，为了有出场的机会我去和那些时尚大佬拉关系套近乎……

"我在米兰坚持了四年，父亲重病我没有回家，哥哥结婚我也没有回家，母亲说过年回来吧，我说那时候我有秀！"靳雯雯絮絮叨叨，说到这里突然停下来，眼泪把她精致的妆容弄花了，她接过毕夏递过来的纸巾擦了擦，然后自嘲地笑了，"我不能回去，因为我怕我回去了就再也不想出来了。"

毕夏坐到她的床沿，轻轻拍了拍她的手背。

"我从来没有跟人说过这些。"靳雯雯抱住膝盖，把头埋上去，"在这里最难熬的是想家，是那种单打独斗的孤独，所以穆锡说他会帮我的时候，我觉得之前所有的努力都是值得的。"

"他真的帮我很多，可笑的是我还是没有红起来！就算真的走上了最好的T台，为最著名的杂志拍了照，但谁又记得住我呢？这里每天都有新人冒出来，大多数都是过眼云烟。"

靳雯雯吸吸鼻翼，自嘲地笑了："我已经放弃了，现在我只想多赚一点儿钱，是不是很可笑？"

这是两个女孩第一次交流，原来每个人的心里都有隐疾，疼痛而忧伤。

直到靳雯雯困乏地睡着，毕夏才发现天光已经大亮了。

她用毛巾替靳雯雯擦干眼角的泪痕，在她床头放了杯水，这才出门。

那个晚上当毕夏从学校回来时，靳雯雯邀请她一同出门用餐，她们的关系就从这一天开始破冰，慢慢地变得熟稔起来。

二

沈冬晴看到空了的饮水机旁有一桶矿泉水，好几个人过来接水，发现水桶空了就走开了。沈冬晴没有多想，一个人拎起水桶就换掉了，邵伶伶疾走到她面前，压低声音说："怎么办？我好紧张——"

沈冬晴鼓励地笑笑："如果你都不能通过，那坐在这里的人，谁都不能。"

邵伶伶是来应聘《行天下》杂志的实习记者的，她明年七月即将毕业，如果能顺利通过实习期，就会在毕业后直接留在这家她中意的杂志社。《行天下》这本杂志沈冬晴也是熟悉的，因为图片文章都是原创精品，制作也很精良，在国内期刊界有响当当的名气，邵伶伶的梦想就是能够到这家杂志社工作。

为此她认真地准备了很久，自己的作品集、获奖证书、个人经历……沈冬晴看着都很钦佩，原来邵伶伶在很小的时候就已经开始发表作品。

"我爸倒是开明，知道我不会继承他的煤矿，所以也就对我放任自流了，其实我知道，他就遗憾我是个女孩子。"邵伶伶说，"我妈呢，非要我毕业后回老家。我都能想到她打的什么算盘，无非是我回去后找人相亲，然后早婚早育，像她那样过一辈子。"

沈冬晴听她絮絮叨叨地抱怨父母，心里是羡慕的，她多想也有人替她张罗，有人为她操心，又或者只是听着父母的唠叨她也会觉得幸福知足。

沈冬晴在心里一直感激着邵伶伶，她为人大气仗义，热忱爽朗，一直是社团的核心人物。沈冬晴记得刚加入社团时她还替自己办个人摄影展，也在她最困顿的时候借钱给她，平日里二人一起拍照参加活动，情同姐妹。

"轮到我了，怎么办？"邵伶伶抓住沈冬晴的手，紧张地说，"我想去卫生间——"

"快进去吧！"沈冬晴安抚地拍拍她，"我就在这里等你。"

邵伶伶点点头，可是她整个人绷得紧紧的，努力牵扯出的一丝笑容比哭还难看。

沈冬晴送走邵伶伶后，百无聊赖地在走廊上看挂着的一幅幅照片，每一张都让她赞叹不已，心生敬佩。

"这张照片有问题吗？"

突然一个和煦的声音响起，沈冬晴惊讶地回头一看，是一个气质干练的女人，她穿着高腰衬衣、黑色阔腿裤，梳着齐耳的碎短发，腰板挺得很直，正抱着手臂望着她笑。

"挺好的。"

"可你盯着它的时间最久。"

"啊？是吗？"沈冬晴没想到自己刚才的举动落入旁人的眼里，有些不好意思，由衷地说，"这张照片我特别喜欢。"

"事实上我也很喜欢这张。"

"拍摄者有很敏锐的洞察力和捕捉力，画面上两株枯树之间的太阳，仿若是朝阳，又像是落日，表达了画面以外的意境，体现出顽强的生命力。"

沈冬晴没有看到那位女士讶异的目光，自顾自地说下去："构图干净利落，虚实恰到好处，拍摄者把所有的技术都运用到了，只是……"

"但说无妨。"

沈冬晴浅笑一下："我并不专业，如果说以摄影者角度来看这张照片堪称完美，但作为一个观众，我觉得整个色调有些压抑，逆光拍摄色调已偏昏黄，但摄影者曝光不足，所以阴暗面太多……抱歉，我班门弄斧了。"

对方微微颔首："没想到你年纪这么小，却能够一针见血。"

"我想对作品的鉴赏每个人都有自己的想法，这只是我的拙见。"

"不，这幅作品从来没有人给我指出这个问题，但我自己总觉得欠缺些什么……"

"啊？"沈冬晴没想到她就是这个作品的摄影师，慌乱地解释，"对不起……"

她摆摆手，笑了："我刚才经过，看到你在换饮水机的水桶，是来面试的？"

"不是，陪朋友来的。"

"那怎么不试试？"

"说是需要应届毕业生，我现在大三……不过这里门槛很高，我也只能向往一下。"

"把你的作品给我看看。"

"什么？"

"你的摄影作品。"

沈冬晴把随身带着的单反递给她，没想到她把沈冬晴带到"主编"办公室——原来

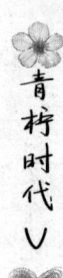

她竟然是这家杂志社的主编高凡。

她把沈冬晴的照片导进电脑里,一边翻阅一边询问:"你的作品虽然小众,但是特别,为什么不拍些磅礴大气的景物,却喜欢拍摄琐碎的细节?"

"我觉得照片是记录生活的片段,记录不可复制的瞬间,越细小微末的地方越让我觉得感动。"

高主编赞许点头:"这才是摄影的真谛,不是要拍出多么壮观多么深刻的作品,其实更多的是要记录平凡。"

沈冬晴的手机响起来,她看了一眼是邵伶伶,歉疚地说:"我朋友已经面试结束,我得走了。"

高主编从电脑前抬起头,笑意更浓了:"你已经知道我是主编,还不跟我套近乎拉关系,就算为了你那个来面试的朋友?"

"这个……"沈冬晴一时语塞。

高主编哈哈大笑起来:"看来你真是没有想过。"

沈冬晴回到会客室的时候,邵伶伶已经在左顾右盼地找她了:"去哪里了?"

"我刚才遇到主编了。"

"主编?"邵伶伶猛然站住,"你是说高凡主编?"

"是呀,她说想看我的作品,所以去了她的办公室。"

邵伶伶若有所思地盯着她,好一会儿才说:"这是你早想好的吗?"

沈冬晴连忙把过程解释一遍,但邵伶伶只是勉强地笑笑:"看来她对你颇为欣赏,否则也不会主动要求看你拍的作品了!今天只是面试,所以我们见着的也就是人事部和编辑部的主任,你却直接和主编攀谈上了。"

几日后,沈冬晴接到了《行天下》杂志社人事部的电话,通知她去办理实习手续。

"可是我没有参加面试呀!"沈冬晴狐疑地问,"再说我现在大三,没有实习时间。"

"我们高主编亲自面试通过,而且杂志社工作时间自由,不用坐班,也不用日日报到,高主编还特别交代,你只需要在课余完成稿件拍摄即可。"

"那……邵伶伶呢?"

"很遗憾她没有通过,不过你的电话是她给我的。"

"可是,"沈冬晴犹豫,"我还没有想好。"

"那你考虑下吧,我们高主编爱才,希望你不要错过这次机会。"

沈冬晴挂了电话怔了许久，一旁的薛珊见她脸色沉重，不由得问："出什么事了？"

"上次的面试伶伶没通过。"

"怎么会这样？"薛珊也很意外，"那她不是很难过？"

"这家杂志社她特别喜欢。"

"可是他们怎么会把这个消息通知给你？"

沈冬晴垂了垂眼："他们说让我去报到——"

"啊啊啊啊啊啊！"薛珊的表情瞬间转变，从惊讶错愕到惊喜雀跃，然后抱着沈冬晴跳起来，"国内最著名的摄影类杂志呀，他们竟然录用了你！以后你就能在北京立足了！"

沈冬晴被薛珊的喜悦感染，自己也觉得很开心，只是她没有想好到底要不要去实习，邵伶伶准备了那么久的面试，而自己只是随意地跟主编聊了一下。如果她去了，邵伶伶会觉得难堪吧。

"想那么多干什么？"薛珊说，"结果又不是你能控制的……"

"可是我没有想过要做伶伶的竞争对手。"

"你没有和她竞争，是他们在众人里选择了你。"

"伶伶会怎么想？"

"她那么大气，应该不会介意，而且她会为你高兴的。"

可是当沈冬晴给邵伶伶打电话时，她却一直没有接。她去摄影社找她的时候，她也不在，倒是平日里相处良好的社友们对她异常冷淡，不仅没人搭理她，还甩脸色给她看。

当她转身的时候，听到有人议论。

"没想到她是这种人。"

"看着人畜无害，竟然是两面三刀的人。"

沈冬晴恼怒地转身质问："我怎么了？"

一个平日跟她关系不错的女生轻蔑地说："说是陪着伶伶面试，怎么她没通过，而你通过了？自己跑去找主编毛遂自荐，这心机也是够重了！"

"我没有！"

"伶伶对你多好！给你办个人摄影展，为你推荐作品，每次活动都照顾你，可你竟然在她最看重的面试上玩手段，太阴险卑鄙了！"

"好啦！"另外一个女生过来劝，"别这样说，沈冬晴也只是为自己争取一个机

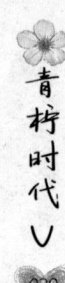

会，谁不想进这家杂志社呀？"

沈冬晴死死地盯着他们，手下意识地握紧，她没有想到人心如此险恶，原来这就是所谓的"人言可畏"，太可怕了。

沈冬晴敲开门时，邵伶伶头发凌乱，眼眶红肿，见到她沉默不语。

"伶伶，不管别人怎么想，我都要告诉你，我并没有使用任何的手段和心机，我和她聊天的时候并不知道她是主编……"

邵伶伶冷哼一声："你是来这里炫耀吗？好吧，我承认你赢得漂亮，而我技不如你。"

"伶伶！"沈冬晴由衷地说，"我是不会去的！"

邵伶伶突然激动起来："你想要证明什么？你知不知道这是我的梦想？我这么努力，这么用心地准备面试，希望进入中国一流的摄影杂志社，走遍全世界每一个角落，用自己的视野告诉读者我的所思所想！"

"伶伶——"

"你知道我拍了多少照片吗？成千上万，数都数不清！你知道为了拍好一张照片，我走了多远的路？刮风下雨，打雷闪电，暴雨洪灾，山崩地裂……我甚至连命都不要！我知道自己没有天赋，那我就比别人更努力，更勤奋！可是你呢？你就那样轻而易举地走到了我的梦想面前，却还要高傲地扔掉它！"

"伶伶，你听我说！"

"沈冬晴！"邵伶伶泪流满面，"曾经的我一直当你是妹妹，因为我怜惜你，可是想来我的同情多么可笑，你比任何人都强大，而最让我讨厌的是，你竟然浑然不知你的强大！"

"听着，我不去那家杂志社不是因为我看不上它，而是因为我更看重你！看重我们的友谊，看重你对我的看法——"

"算了！沈冬晴！"邵伶伶深吸一口气，用手抹掉眼泪，"我们之间再也没有友情。"

"邵伶伶，为这点儿事至于吗？"

"至于！"邵伶伶盯住她，"因为你，让我看清自己有多狼狈，多失败……你走吧！"

三

周末的时间，毕夏去超市买了些果蔬肉类，打算在家下厨。

她吃不惯西餐，虽然米兰也有中餐厅，但性价比不高，还不如自己买菜回来现做。靳雯雯吃过一次后赞不绝口，其实毕夏知道她的手艺一般，是靳雯雯太想念故乡的味道了，所以她会两眼放光，用饺子蘸完一整瓶毕夏从国内带来的辣椒酱，甚至连手指上沾上的那点儿也舔干净，最后心满意足地打个饱嗝。

"我都好久没吃过辣椒了……"靳雯雯幽幽地说。

"所以说中国的美食比那牛排汉堡意大利面强多了。"

"其实我从十六岁开始就没有吃过辣椒。"靳雯雯自嘲地笑了，"怕长痘，一直都吃得很清淡，来米兰后很长一段时间都是清水煮菜，都快忘记辣椒的味道了。"

"那吃完这一整瓶你就不怕长痘了？"

"我现在已经彻底放飞自我了！"靳雯雯摸着肚子在沙发上换了个更舒适的姿势，"像我这样的年纪已经快要被米兰的时尚给抛弃了，别说当名模，能够接点儿工作就算不错了。"

"说不定你很快就大红大紫了呢！"

"这种梦我已经不做了！"靳雯雯苦笑，"毕夏，那你毕业以后呢？会留下来吗？"

"这里有什么好？"

"这里有什么不好？"

毕夏思忖一下："这里真的挺好，不管是风景还是这里的人文，都值得留恋，但我从来没有想过要留下来，因为这里不是我的家。"

"找个老外嫁掉——"

毕夏笑了："我妈会第一个跳出来反对！"

"那你有喜欢的人吗？"

毕夏怔住，这一刻她的脑子里竟然浮现出陆怀箫的身影。

"看你的表情是有？"靳雯雯特别好奇，"说来听听。"

"我也不知道……没有那种很强烈的思念，也没有那种惊心动魄的感觉，甚至忙碌的时候根本想不起来这个人，但他好像一直就在那里，不管我做什么，去了哪里，他一直就站在那里，让我觉得心安、踏实。"

"这种感觉——难道你把他当家人了？"

毕夏沉默下来，她觉得靳雯雯的话有几分道理，也许在她心里，陆怀箫如兄长一

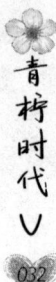

般。她曾经喜欢过楚君尧，这份感情带给她甜蜜，也令她心碎；她也喜欢过李沐言，这份感情带给她热烈，也让她屈辱……可是陆怀箫呢？他就像一杯温水，没有让她有心跳加速的感觉，也没有让她觉得难分难舍，但她知道她眷恋这种温暖。

　　来米兰后毕夏甚至没有主动跟陆怀箫联系过，在QQ上聊天或者偶尔通个电话也只是简单地说说这里的生活，有时候会希望陆怀箫把对她的感情放到别人身上，但一想到他对另外一个女生好，她又觉得心情复杂——心意未明朗前，她只能这样冷处理。

　　毕夏在厨房里洗洗切切的时候门铃响了，靳雯雯开门之前跑到她面前偏着头笑："今天我请了朋友来，你不会介意吧？"

　　毕夏一猜就是穆锡，心里有些抗拒，但面上微笑不语。

　　穆锡进门后把一束玫瑰递给靳雯雯："宝贝，这么热辣的颜色最配你！"

　　"你怎么知道我不喜欢绣球花？淡雅的紫才是我的最爱。"说着靳雯雯拿走了他手里的另外一束，偏头对毕夏说，"你的花我替你收了。"

　　穆锡走到厨房门口，饶有兴致地看着毕夏道："你还缺少点儿东西。"

　　"什么？"毕夏疑惑。

　　他拿起一条围裙倾身向前，毕夏下意识地退后，手里还紧握着菜刀。

　　穆锡爽朗地大笑起来："你以为我想干吗？"

　　毕夏朝外面看一眼，压低声音："雯雯在，请你自重。"

　　"靳雯雯。"穆锡扬声喊来对方，在她的注视下再朝毕夏走近一步。

　　他满眼的挑衅戏谑，毕夏把手里的刀举起来怒视他，靳雯雯赶紧过来抢下穆锡手里的围裙，柔声道："穆公子，毕夏可不是会和你玩暧昧的女生。"

　　毕夏对靳雯雯的反应很是惊讶，深深地看她一眼，后者把穆锡推出厨房，转身对毕夏说："你不会以为他是我男朋友吧？"

　　"难道不是？"

　　"我呢，算是他的朋友，女性朋友，但跟女朋友还是有差别的。"

　　"那你们？"

　　"你是说我们经常在一起？"靳雯雯苦涩地笑了，"有些社交场合他需要女伴，而我也需要他的穿针引线认识三教九流的人，在这里混，除了姿色和实力，最重要的是运气，穆锡这些年给我带来了很多人脉，他的家族产业不仅涉及商场、服饰，还在南非有矿场，非常有实力。你不知道你认识的这个人会给你带来什么机会……"

　　毕夏沉默不语，她一直觉得他们的亲密只有恋人才会有。

"穆锡人不错，帮了我不少，也愿意花钱……做朋友而已，何必认真？"

毕夏垂了垂眼，在她的世界里，非黑即白，从来没有灰色地带，感情也是如此，喜欢和不喜欢就是一条界限，她不会去混淆这种感觉。

"毕夏，穆锡说给你介绍了一个工作室助理的职位。"在饭桌上靳雯雯不动声色地说。

"不用了。"毕夏头也不抬地回答，"谢谢。"

"就说你对我有成见！"穆锡把筷子放下，盯着毕夏，"你是雯雯的朋友，也是我的朋友，朋友之间互相帮助这是应该的。"

"你在学校里学的只是皮毛，你需要到米兰这些大牌设计师的工作室去实践，才能得到真正的锻炼。这里可是潮流的加工厂，你不进到工厂里，只看那些摆在外面的成品有何意义？"

毕夏承认靳雯雯说得对，能够参与到一场服装设计秀里，比她自己在房间里裁裁剪剪收获更多。可是一想到这是穆锡介绍的，她心里就别扭——对于这个人，她只想避而远之。

穆锡递过来一张介绍信："我跟Kleine（克莱恩）是相识多年的朋友，正巧他现在需要个助理，我不过是顺水推舟地将你介绍给他罢了，你不必有负担。"

毕夏自然知道Kleine，他是米兰时尚界有名的服装设计师，能够做他的助理对于毕夏来说就更接近时尚和潮流的顶端。

"别想了，去吧！"靳雯雯竭力游说，"穆锡只是推荐你去，就像当初他也介绍我去走Kleine的秀，但Kleine觉得我的气质不符合他的设计，所以我也就只能穿他设计的一般的服装。"

"那我试试吧。"毕夏应允下来。

靳雯雯递给穆锡一个再接再厉的微笑，但其实她的心里泛起苦涩。最初她也曾经对穆锡抱过期许，觉得他会是她的良人，可是当穆锡将她云淡风轻地介绍给各路人马时，她就知道她在他心里并没有那么重要。

她知道穆锡看上了毕夏，可是被他看上的女生多了去了，一直留在他身边做他固定女伴的，现在不也是她吗？她幻想着，也许在阅过千帆之后，他最终会留在她身边。

四

宿舍里，楚君尧和何遇在各自的电脑前忙碌，好一会儿楚君尧才察觉何遇直愣愣地盯着电脑，不由得问："明天的答辩你准备好了？"

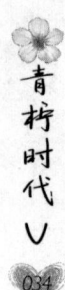

"哦。"何遇深深看了他一眼,欲言又止。

"图像获取定位识别系统我觉得这个可以运用到防老人走失……"楚君尧停顿一下,"你到底有没有听我讲话?"

何遇把自己的电脑屏幕挪动一下,楚君尧竟然在上面看到了毕夏的照片,错愕不已。

何遇心下一慌:"我并不是故意要打探她的消息,只是随意地看看,你也知道的,我好奇心挺重,谁叫她是你前女友。"

何遇也知道他的解释乱七八糟,毫无说服力,在对上楚君尧若有所思的眼神时,更是抓耳挠腮,满脸通红。

"重点不是这些!"何遇别扭地说,"重点是她怎么会和这个人在一起?"

"你到底在说什么?"

何遇拿起杯子猛灌几口,深吸一口气:"我刚才把这个人的博客、新闻、资料、背景全部看了一遍,得出的结论就是这个人是个纨绔子弟、花花公子!"

"那又怎样?"

"那又怎样!"何遇怒了,"这个人他现在和毕夏在一起!"

楚君尧好一会儿才明白他说的话。何遇在网上浏览页面时看到这个人晒出了毕夏的照片,所以好奇地调查他的背景,发现他是一个拥有意大利血统的华裔,家族经营几个时尚品牌,他本人混迹于米兰的上流社会,跟模特明星来往甚密。按理说这样的人跟毕夏会有什么关系?但八卦杂志上说这个人和毕夏正在交往。

何遇一直记得那次在校园里见着毕夏的模样,清冷的月光下让他有翩若惊鸿的感觉,那一刻的动心让他久久不能释怀,所以他没有告诉楚君尧,他并不是随意浏览页面看到毕夏的照片,而是他向在米兰的朋友打听毕夏时,对方告诉他的。

国外的留学生有自己的圈子,一点儿动向大家都知道,何况毕夏在米兰也极为受欢迎,只是稍作打听就知道了。

"那是她自己的事,你紧张什么?"

"楚君尧,你怎么能这样?"何遇正色道,"你难道看着她再遇人不淑?"

楚君尧不服地瞪着他。

"对她来说,你就是她遇到的第一个不淑的人!"何遇没好气地说,"难道你要她再被人伤害?"

"如果毕夏真的喜欢他……"

"所以你要告诉她,这个人不可靠!"

"为什么是我？"

"因为你跟她熟呀！"何遇清清嗓子，"她连我是谁都不知道，我跑去跟她说这个穆锡人品很差，她会信吗？"

"我说了她会信吗？"

"你总要试试呀！"何遇恳切地说，"你不能让她从一个火坑里出来，再跳进另一个火坑。"

"说谁是火坑呢！"

何遇睨他一眼："你对她的伤害难道不相当于是一个火坑吗？"

他为毕夏抱不平，在他看来楚君尧就是"见异思迁"的负心汉，那么美好纯真的感情，却被他变成了毕夏心里一道永远的伤口。

"行行行，我不跟你说了，等我跟她聊的时候会提醒她。"

可是还没有等楚君尧找毕夏谈，隔了几天何遇就将一张申请表拍在他的桌上。

"这个你考虑一下。"何遇说。

"什么？"楚君尧看他一本正经的样子哭笑不得，"你又是演的哪出？"

"下学期交换生名单出来了，我看了下各所学校，这几所欧洲的学校不错呢，特别是米兰大学，以你的成绩申请没问题的。"

"我为什么要去做交换生？"

"先不说米兰大学是意大利排名第二的大学，重要的是你现在要去米兰见毕夏。"

"何遇，我越来越搞不懂你了，为什么你对毕夏的事——"

"对，你不用猜了，我喜欢她。"

楚君尧惊讶地望着他。

"但我有自知之明……所以我没有想过要怎么样，只是楚君尧，我觉得你应该为她做些什么。"何遇认真地说，"就因为你们有那么美好的初恋，就因为她为了你才破碎掉的那颗心，你都应该在这个时候去她的身边，保护她、照顾她。"

"可是……她不会需要的。"

"你们难道就不能重新做回朋友？"

"好，就算我们是朋友，她会听我的吗？"

"那你就坐视不理？"

"我觉得真没有必要——"

"那你想想米荔。"

楚君尧沉默下来。

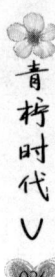

"你最近一直不搭理米荔,你知道她怎么过来的?那么开朗活泼的女孩在见到我的时候还是笑呀笑,可那眼里全是泪。"

"米荔——"

"也许你离开一段时间,米荔能缓过来,指不定她就想通了呢?"

楚君尧承认自己被何遇说服了,米荔之前四处跟人说她是他的女友,现在见着他们没有在一起,常有人来问他们是不是分手了,他真的不胜其烦。虽然他对米荔说了狠话,让她不要再靠近,她却依然让他有如影随形的感觉,去图书馆有人大喊:"楚君尧,这是米荔给你占的位置!"去餐厅有人端餐盘过来说:"楚君尧,米荔说这些都是你喜欢的。"去篮球场打球,也有人拿着一瓶水过来说:"你是楚君尧?这是米荔让我给你的。"

难道她不知道知难而退吗?他真的很想换一个清静的环境,远离每日里这样的打扰,何况米兰大学确实是一所不错的大学。

五

毕夏第一次见着Kleine的时候,就因为穿着被他狠狠批了一顿:"不是要求你穿名牌,也不是要你打扮得精致,但Mia(米娅,毕夏的英文名),你的这件白衬衣和牛仔裤,比外面的流浪汉穿得还糟糕。"

"抱歉,我下次会注意。"

"还有,你们中国有句话叫'闻香识女人',可你竟然连香水也不用,素面朝天,真不明白他怎么会给我推荐你这样的助理。"

毕夏的脸滚烫起来,她知道应该穿得更正式一些,但她翻过衣柜,都是休闲舒适的衣物,想着助理应该就是端茶递水做些琐碎的事,Kleine先生应该不会太在意她的穿着打扮,没想到一见着他,他就发了很大一通脾气。

再看看工作室里的其他员工,都打扮得时尚职业,浑身透着"精英"两个字。

她躲进洗手间掬起清水扑在脸上,对自己做心理建设,然后换上一个坚定的笑容。

"没关系,他对这里每个人要求都很严格!"一个穿一字肩裙装的金发碧眼的女生笑着走到她身边,"我叫Amy,也是Kleine的助理之一。"

"你好,我是Mia。"

"Mia,我听说你是中国人,你们中国也有很多明星找Kleine定制礼服。"

第一天的工作,毕夏在混乱茫然中度过,好在热心的Amy告诉她做助理还需要注意Kleine先生的一些日常习惯。

他们这个工作室除了做私人定制外，最重要的事情就是参加米兰、巴黎、伦敦三地的时装周。现在工作室有近二十人，大家的目的都是跟着Kleine拜师学艺。

开会时毕夏听他们讨论新一季时装秀的主题，她一句话都插不进去，当有人提到一个设计思路的时候，会有人反驳哪个品牌在哪一场秀里运用过，又或者在哪本时尚周刊的封面刊登过。毕夏惊呆了，他们需要多强的记忆力才能记住那么多服装秀，那么多元素和风格……而她呢？她自己裁剪出来的衣服实在是难登大雅之堂。

下班后，毕夏垂头丧气地走出大厦，没想到在门口遇到了穆锡。

他穿着黑色呢料大衣，英格兰格子的围巾打结，末端藏入外套内侧，倒是一副暖男的模样。

一见到毕夏他就微笑着迎上来："我可是被Kleine打电话质问了。"

毕夏的脸不由得红了："抱歉。"

"其实我倒觉得你这样穿着很美……不过为了让他明天不再找我麻烦，我们走吧……"

"去哪里？"

"那你告诉我，你的衣柜里有正装或者礼服吗？"

毕夏承认他说得对："我自己去商场买就好了。"

"难道你不应该请我吃个饭，谢谢我替你谋得这个差事？"

毕夏迟疑。

"放心，你说要回家我立刻就送你回去。"

"那……好吧。"

毕夏坐进穆锡的车里，别过面孔看窗外的景色，米兰的建筑拥有欧洲最古典的风格，也有最现代的设计，就算是一栋旧楼，那圆形拱台上盛放的花束也令人莞尔。毕夏很难形容这个城市，它有它的庄严肃穆，也有它的活力四射，每每穿行在街道马路上，她依然为这些美景折服。

"意大利最美的不是米兰，你应该去佛罗伦萨……"穆锡单手扶着方向盘，侧身看向她，"往北走，整个意大利最美的风光都可以看到，要一起吗？"

毕夏皱眉："穆先生，我跟你并不熟。"

穆锡抽出一张卡递给她，毕夏狐疑地接住，询问地望着他。

"这是我的诚意。"穆锡露出迷离的笑容，"一张黑卡。"

"请你在路边放我下来。"毕夏冷冷地说。

"难道你觉得不够？"

毕夏把黑卡放回到面前的台子上："对不起，我想我对你的成见不是误会。"

穆锡嬉皮笑脸地说："这张黑卡我连靳雯雯都没给。"

"没有透支限额的黑卡，我这样的穷人怕用不起。"毕夏沉着脸，决绝地说，"请你停车。"

"喂，给个理由！"穆锡把车停在路中央，有些恼。

"因为我不喜欢你，这个理由够了吧？"毕夏拉开车门径直朝路边走去，她觉得有钱人的思维太奇怪了，难道他们觉得看上的东西就都能用钱买到吗？

穆锡下车追向她："跟我玩欲擒故纵吗？"

毕夏简直被他打败了，身后的喇叭声此起彼伏，她面色更加冷峻："穆先生，你的车已经引起交通拥堵了。"

"我不管！"穆锡一把抓住她的手臂，想要拉她入怀，纠缠之间毕夏抬起手来，响亮的一个耳光扇在穆锡的脸上，后者一怔，咒骂一声，扬起手想还击，可停顿片刻还是放了下去。

"我的耐心有限。"

"容忍度也有限。"

"我警告你，如果你现在不回到车里，那……"

毕夏回瞪着他。

"那我再也不会去找你！"

毕夏脸上的如释重负落入穆锡的眼里，他恨不得咬掉自己的舌头——他怎么会毫无招架之力？

毕夏把他的手掰开，转身离开。

看着她的背影，穆锡摸着自己的脸，刚才的怒气渐渐散去，他无可奈何地笑了起来，觉得这也挺好玩的。如果随随便便就能追到女生，他反而觉得寡淡无味，他就想看看她会坚持多久，不就是追女生吗？他很自信，毕夏早晚会是他的人。

 第三章

辗转在天涯的思念

一

期末大考结束后,整个校园都变得热闹嘈杂起来,宿舍楼里则显得更为凌乱。

大家都在准备着回家过年的行李,沈冬晴落寞地坐在桌前,摊开的书本一页都没有翻动。

薛珊拉过她的手,由衷地说:"跟我回家过年吧,我家里人特别欢迎你去。"

沈冬晴知道她的好意,浅笑:"除夕都是一家人团聚,我一个外人去了多不合适,没关系,我就留在北京,做些零工也赚些学费。"

"那个——"

"我不去。"

"邵伶伶她都那样对你了,你还考虑她的感受……"

沈冬晴在社团受到排挤,已经不再去了,而邵伶伶视她为陌路,之前沈冬晴拍的一些留在她那里的照片也全都被退了回来。

"我现在里外不是人,不去杂志社实习,他们说我清高,去了他们说我卑鄙!"沈冬晴长叹一口气,"也许我就不该陪她去面试。"

"不管别人怎么说,我相信你!"薛珊揽了揽她,"但我觉得你不去那家杂志社太可惜了,这么好一个机会……别人都为找工作挤破头呢,你却要放弃!再说实习也有工资,就把它当成你打零工的工作不行吗?"

沈冬晴长叹一口气:"那我再想想。"

几天后,校园里已经空寂了下来,薛珊也回家了,沈冬晴去找了一份超市清货的工作,每天要工作足足十个小时,回学校时天都黑了。

有天她在学校里遇到顾祁俊,他看上去萎靡不振,这么冷的天竟然只穿着运动衫,在风雪中冻得浑身哆嗦。

看来他还没有和女友和好,但这也是他咎由自取吧。

顾祁俊见沈冬晴一怔,他走过来的时候沈冬晴下意识地往后退了几步。

"别怕,我不是找你麻烦。"顾祁俊抽抽鼻翼,"我把钥匙落宿舍了,现在很饿,请我吃碗面?"

沈冬晴带他去学校旁边的小面馆,点了两份面。

"一份就够了。"

沈冬晴白他一眼:"我也没吃。"

"这么晚?"顾祁俊在有暖气的房间里缓了过来,整个身体舒展了一些,"怎么不回家?"

"那你呢？"

"我就是北京人。"

"……"

"你看到没？"顾祁俊指了指玻璃窗外的马路，"文琪在那里开了一家化妆品店，所以我得在这里守着她。"

"人真的是失去以后才知道什么是最重要的。"顾祁俊像个话痨，"以前跟她在一起的时候，别人都觉得我傻，她大我八岁呀，说得多了我也觉得自己亏，所以……唉，可她说分手的时候我整个人都蒙了。你懂吗？那种撕心裂肺的痛，吃不下睡不着，我都想不明白为什么别人失恋都能挺过来，可为什么我失恋就感觉要死了呢？"

"我那时候缠着你闹，无非就是想让自己的内心少点儿内疚和自责……我觉得都是你的错，都是别人的错，而我只是个受害者，所以有资格痛苦！但后来我终于明白了，我得接受现实呀，她一直对这段感情没有信心，其实是我没有给她足够的安全感。"

热腾腾的牛肉面端了上来，顾祁俊捧着碗，却好半天没有吃一口，等沈冬晴抬起头的时候，发现他的眼里全是泪。

"她做的牛肉面可好吃了——"

"顾祁俊，你现在这个样子她更不会喜欢你，振作起来证明给她看，你值得她信赖。"

顾祁俊缓缓地望向她："其实我也特别讨厌我现在这个样子……可是思念一个人的感觉真的好难过……"

这句话撞进了沈冬晴的心里——她的心何尝不难过呢？

这样风雪交加的夜晚，周围的一切都空寂落寞，昏黄的路灯下她扬起面孔，泪水和雪水湿了她的脸——怎样才能看到他们呢？她想念的人——父亲、母亲，还有裴雨阳。

这条路她走得太艰难了，最难的是那种无依无靠的漂泊感，心无归所。

她拿起手机想要给裴雨阳打电话，但最后一个数字她始终没有摁下去，然后蹲下去痛哭失声。

她想说，裴雨阳你好吗？我很想你。

她想说，裴雨阳你知道吗？我很想你。

她还想说，裴雨阳我在这里很想你。

这彻夜的思念呀，令人惆怅而忧伤。

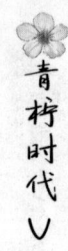

二

毕夏以为穆锡真的会放弃，没想到第二日她就在办公室接到了多个快递，统统拒收后，Amy跑来问她："你没看盒子上的标签吗？不是香奈儿就是古驰，何必跟礼物过不去？"

毕夏笑着摇了摇头。

回到公寓打开门，靳雯雯就调皮地冲她努努嘴，她一看，满屋子都是各种鲜花，香气逼人。

"没想到这穆公子追起人来真彪悍！"

"那麻烦你告诉他，这些对我没用。"

"你不是说你没喜欢的人吗？"靳雯雯跟着她进房间，"反正这异国他乡，有个人对你好也不见得是坏事。"

毕夏手里的动作停顿下："我来这里只是想安静地学服装设计，所以能不能请你转告他别来打扰我？"

门铃这个时候响了起来。

靳雯雯无可奈何地笑了："这个家伙又来了。"

"夜宵送到！"穆锡的声音大大咧咧地传过来，"这可是我去中国餐馆打包的饭菜，三星米其林餐厅。"

靳雯雯招呼毕夏："来尝尝，这家餐厅平日里得排队两个小时，而且不接受预约。"

"我不饿。"

毕夏说完准备关上房门，穆锡却眼明手快地走过来，脚往门缝里一挤。

"哎哟！"他夸张地大喊一声。

毕夏无可奈何地拉开一点儿："你昨天不是说再也不找我吗？"

"我？"穆锡耍起无赖，"说过吗？不记得了——"

靳雯雯"扑哧"笑出声："毕夏，你看他诚意这么足，就过来吃一点儿。"

"我真的是排了两个小时。"

"谢谢你介绍我去做Kleine的助理，但其他的我不能接受了。"毕夏认真地说，"我来这里只想安静地学习，这对我来说很重要！"

"你可真是固执。"

"对，我很固执，所以你的礼物、你的鲜花，还有你的浪漫，我觉得只是负担。"

说完毕夏再一次合上房门。

穆锡转身冲着靳雯雯笑了："我以为她是百合，没想到她是玫瑰，全是刺，她不知道她的刺把我的心都扎出血来了。"

"行了吧！"靳雯雯没好气地说，"就你，有心吗？"

靳雯雯对着穆锡也是心烦意乱，她充满了嫉妒，却要装作毫不在意——她见他追过很多人，其实她才是那个心被扎出血的人。

穆锡根本不知道，她甚至不能将自己的感情说给他听。穆锡只是想玩，如果知道她动了真情，就再也不会与她联系。

这么残忍的一个人，活该有个人来收拾他。

毕夏的生活越发地忙碌了，除了有课的时候去学校，更多的时间她就待在Kleine的工作室。因为是新人，其他人有任何琐碎的事都会交给她，煮咖啡、订午餐、复印资料、整理会议记录……

有一天，穆锡来的时候看到毕夏正半跪在地上给试衣模特手工缝合鱼尾裙摆。

穆锡弯腰凑到她面前："要是你肯跟我吃午饭，那我现在就带你走。"

"我更喜欢待在这里。"

"那如果我跟Kleine说我想跟你一起用餐呢？"

"穆先生，我现在真的很忙，能别捣乱吗？"

"捣乱？"穆锡听到这个词，笑得很欢畅，"我还第一次听到别人将我的邀请说成捣乱。"

就连试衣模特都笑了："答应他吧，有这么英俊的男士作陪，一定不会觉得无趣。"

这个时候Amy在不远处朝毕夏挥挥手，示意她过来。

"那稍微休息下。"毕夏对试衣模特说完，跟穆锡礼节性地颔首离开。

Amy递给她一份东西："这个是你的吧，我在垃圾堆里看到的。"

毕夏心里一沉，面色黯淡下来。这是她交给Kleine的作品集，是她目前觉得最满意的一个系列。

当Amy抬头时，对上穆锡望过来的目光，不由得说："那个人一直在盯着你看。"

毕夏淡淡"哦"一声："谢谢你，Amy，我想是我做的还不够好。"

她想起年少时的自己，因为一道数学题没有计算出来都会感到失落，但原来成长的道路上，那种挫败感简直微不足道，当你对自己现在所做的无能为力，对未来种种茫然无措，这才是最深的打击。她早已经不是十六岁的毕夏，不是那个自信满满、斗志昂扬

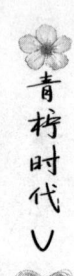

的少女……

转身的时候毕夏重新把那个作品集扔进了垃圾桶,她深吸一口气,对自己说,你已经没有退路了,毕夏,这条路是你自己选择的,坚持下去。

当穆锡把毕夏的作品集摆放到Kleine面前时,他耸耸肩膀表示询问。

"我希望能赞助这个系列。"

Kleine大笑起来:"你在开玩笑吧?你见过这么糟糕的设计图吗?"

穆锡跷起二郎腿,背靠椅背,气定神闲地盯住Kleine,缓缓地说:"我不懂服装设计,但我会给你一个满意的价格。"

Kleine怔了一下:"我懂了。"

"不过能再帮我一个忙吗?"

Kleine给出一个悉听尊便的手势。

"替我保密。"

穆锡拿不准毕夏在知道是他赞助后是否会同意,他对她并不了解,但他觉得她事后得知会更有感动的效力——在他眼里,追女人就跟商战是一样的,策略、手段一个都不能少。

事实上他对毕夏的喜欢只是因为"有趣"和"追她挺好玩",还有那种征服欲,他就想看看走到哪一步她会缴械投降,会乖乖地对他俯首称臣。

穆锡走出Kleine的办公室,猖狂地走到毕夏面前:"我说,你很快就会心甘情愿地跟我一起吃午饭了。"

毕夏没有回头,甚至没有停下手上的动作。

周末一大早,靳雯雯起了个大早,她敲响毕夏的房间门道:"一会儿车来接我,我得走了。"

毕夏睡眼惺忪地拉开门,昨天从工作室回来后她又熬夜将Kleine往年的设计作品找出来学习。平心而论,国外的一些设计她并不能完全理解,从审美上来看过于前卫另类,设计感太强,而她现在的设计图更多是以市场化来定位。

今天的靳雯雯与以往的大浓妆比清新了不少,她穿着亚麻质地的风衣,随意地系着腰带,一件白衬衫打底,有种漫不经心的优雅感。

"我要搬出去了……"靳雯雯浅淡一笑,"房租我交到这个月底,到时候你可以联系中介再找人合租。"

毕夏讶异，没想到这么突然，之前都没有听靳雯雯提到过。

靳雯雯抬手轻轻地抱抱她，在她耳边说："对穆锡，不要抱太多希望。"

"你自己保重！"毕夏拍拍她的肩膀。

虽然和靳雯雯相处不过短短几个月时间，但已经把她当成了朋友，她突然搬走令毕夏感到失望和落寞。她来到窗前看靳雯雯走到一辆兰博基尼面前，在开门的时候她停驻了片刻，似有留恋，但自始至终都没有回头。

毕夏推开靳雯雯的房门，她的物件都已经清空了。

也许这几天她一直在收拾，只是早出晚归的毕夏没有察觉罢了。从下个月起她要一个人承担房租了，虽然会有些吃力，但她不打算再找人合租了，一来怕再惹什么麻烦，二来想要有一个属于自己的安安静静的空间。

她把靳雯雯的房间整理了一下，变成了自己的工作间，那台二手缝纫机摆进去后，自己的卧室就空了不少。几天后，毕夏接到Kleine的通知，她那个叫"冬花"的系列将会有三套服饰参加时装周。

毕夏觉得意外，其他助理设计师也是议论纷纷，就连Amy都直截了当地问她用了什么方法让Kleine改变主意，整个工作室的人都知道Kleine对她的设计最为不屑，而来这里已经三年的助理都没有资格以个人名义参加时装秀。

Kleine也没有多做解释，但对毕夏来说这是一次实战，她要打起十二分精神来应对。

寒假里沈冬晴一直很忙碌，她每天都去超市工作，一箱一箱的重物抬上搬下，虽然力气活她也做过很多，但这样满负荷地工作十个小时，到了晚上她依然累得快散架，浑身酸楚疼痛。即使她已经用官司赔的钱还清了债务，可她还要念书，要在这残酷的命运里生存，赚钱是她必须要做的一件事。

年三十，她依然在工作，替同事顶班。

回宿舍的公交车上只有她一个乘客，她透过玻璃窗看外面热闹喧嚣的街景，想起往年的除夕之夜，一家人其乐融融地吃年夜饭看春晚，去门口放烟花、点鞭炮，往事如此清晰，心情却恍如隔世。

她再也忍不住那种悲伤的心情，咬住自己的手背，压抑地哭出声来。

公交车行驶到一站，又一站，开门关门，空荡落寞——这样的夜晚，独自伫立街头的人有万箭穿心般的疼痛。

到终点站的时候，司机大叔走到她面前说："姑娘，没有什么迈不过去的坎。"

这句话惹得沈冬晴流下更多的泪来——人生的路上到底要过多少个坎？她已经一无所有了，再也没有什么可以失去。

但在那个晚上，她决定接受《行天下》杂志社的这份实习工作。她不想自己过得太艰难了，选择做一件她喜欢的事，是她对自己最后的怜悯。

等到杂志社上班的时候，她照着之前的电话拨过去，询问现在是否可以过去报到。

"这个已经不可以了，超过规定时间就是自动放弃。"

"那好吧。"沈冬晴无可奈何。

"要不我再问问高主编，之前她有专门提到你。"

没想到一会儿后对方就打来电话，说现在有个采访需要摄影记者配合，要她立刻出差。

虽然很突然，但沈冬晴还是简单收拾了行李就赶到杂志社，当她推开编辑部大门时，偌大的格子间竟然一个人都没有，从里间的办公室传出来争执声。

"张主任，实在不行就放到下期刊载，非赶着出来是对读者不负责任。"

"现在版面已经等在那里了，上一期预告也发了，如果没有内容，这才是对读者的不负责任！"

"那也不能随便敷衍了事……找小刘？或者格子？再不然崔大胖也可以……"

"找不到人！戈伊请了婚假，崔大胖……崔文禄请了病假，小刘去非洲拍摄去了，其他人都有事，所以现在你只有一个实习记者。"

"找个实习生做这么重要的内容，开玩笑吧？"

"肖嘉言，别在这里跟我讨价还价了，你只有三天时间，三天后我要见稿子！"

等肖嘉言怒气冲冲地从主任办公室出来的时候，就撞见沈冬晴忐忑不安地立在那里，就那么一眼，他的心就栽泥坑里去了——面前的女生完全没有一点儿才气的样子，穿着一件宽松的深蓝色冲锋衣，完全还只是高中生的模样。

"喂，你——"肖嘉言皱着眉，叹了口气道，"跟我走！"

沈冬晴从刚才的争执里已经知道肖嘉言的不情不愿，见他这么冷淡也没有说话，默默跟在他身后，坐上去昆明的火车。在火车上肖嘉言甩过来一沓资料，简单向她介绍他们做的是一个系列主题，内容是寻找中国快失传的民间艺术。这一期的内容就是去纳西族采访勒巴舞，现在这种舞蹈只有住在塔城寨的文光才会，他们此行的目的就是要找到他。

沈冬晴看了一下勒巴舞的介绍，知道它是属于东巴舞的一种，特点就是舞者拿着牛尾巴模仿各种动物而完成连贯的舞蹈动作，现在会这种舞蹈的艺人少之又少，快要失传了。

肖嘉言是文字记者，而沈冬晴就是配合他的摄影记者，但他觉得这么重要的拍摄交给一个实习生，会破坏他整个采访的质量。

"喂，到昆明后我们要转火车到普洱市，再坐汽车到哈尼族彝族自治县，然后转到兴乐乡古平村塔城寨，别说大山里阴冷的气候，加上各种雪崩塌方泥石流等自然灾害，就高原反应，你这小身板受得了吗？"肖嘉言不屑地说，"我这还是头一次跟实习生一起采访。"

"肖老师，我会照顾好自己的。"

"这样最好，最怕的就是你不仅照片拍得不好，还成为我的负担。"

沈冬晴沉默不语。

"实在不行，你就在普洱市等我算了。"

"我会完成工作。"

肖嘉言没好气地说："说大话谁都会。"

因为主任要求三天就见到稿子，所以他们中途没有停歇地一直赶路，第二天晚上就赶到了古平村。村里没有旅店，肖嘉言带着工作证去找村长，但村长去县城了。

肖嘉言一筹莫展时，沈冬晴敲开一家农户，询问是否可以借宿一晚。

当地人好客，爽快地同意了，但他们以为肖嘉言和沈冬晴是恋人，只准备了一间房，肖嘉言还想要说什么的时候，沈冬晴拉了拉他的衣袖。

"老乡家里也没有多余的房间，就别再添麻烦了。"

"既然你都不介意，那我就无所谓了！"肖嘉言在进门的时候因为个子太高撞到门框，他一边揉额头一边扫了沈冬晴一眼，而她压根儿就没有注意到他。其实他也就大学毕业三年，比沈冬晴大不了几岁，但他已经走过很多国家，报道内容频频获奖，所以才自傲狂妄，对初出茅庐的沈冬晴不那么客气。可面对沈冬晴的淡漠，他还是有点儿隐约的失落，明明他很帅呀，加上优秀，周围都是献殷勤的女生，但她甚至连正眼都没瞧过他。

沈冬晴抱着另外一床被子走出去，等肖嘉言打开门缝偷偷往外看时，只见沈冬晴在走廊边抱着被子席地而坐。

"还有点儿骨气！"肖嘉言撇撇嘴，自言自语地说。

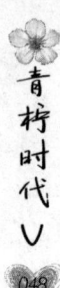

　　第二天天刚亮他们就启程前往塔城寨，老乡原本要带他们去，但肖嘉言说他已经跟文光联系过了，他会在半路上接他们，再加上有导航，就不麻烦他了。

　　越往山上走天气越发寒冷，呼出来的气息好像都会冻成冰碴子，沈冬晴感觉到自己的脚都麻木了，每走一步都是靠惯性。肖嘉言说帮她背行李，可沈冬晴发现他更加吃力。

　　他有了高原反应，头疼得厉害，不能走得更快。

　　"这没什么，我以前采访的地方比这艰险多了……"肖嘉言一边喘气一边说，"小沈呀，做我们这一行就得有心理准备，吃苦耐劳那是必须的，不过现在看起来你还挺不错。"

　　沈冬晴默默地从旁边拾了一根树枝给他做了个拐棍，两个人沿着杂草丛生泥泞不堪的山路前行。

　　肖嘉言越发佩服起沈冬晴来。

　　她看似娇弱，却毅力超常，不管是连续的舟车劳顿，还是这样的长途跋涉，她只是默默前行，一句抱怨的话都没有，甚至不动声色地照顾着他，令他心生感动。

　　意外是在肖嘉言想要找个隐蔽的地方"小解"的时候发生的，他踩到一堆松软的草，还没等他抬脚已经凄厉地喊出声来。

　　听到动静的沈冬晴赶紧飞奔过来，肖嘉言大叫："别过来，有捕猎器。"

　　肖嘉言的脚整个踩在捕猎器上，尖利的齿状刀片透过他的登山鞋鞋面扎进肉里，疼得他浑身直抖，冷汗涔涔。

　　沈冬晴已经知道发生了什么，她用树枝在前面探路，然后小心翼翼地走到肖嘉言面前。

　　"我试过了，掰不开。"肖嘉言绝望地说。

　　捕猎器是两片，他脚踩上去，另一片弹过来夹住他的脚背，他刚刚试图掰开两片捕猎器，但太紧了，他没有办法弄开它们。

　　"你别动！"沈冬晴蹲下去检查那个捕猎器，幸好这只是捕捉野兔等小型猎物的捕猎器，若是齿尖再深一点儿，他的脚骨都会碎。沈冬晴发现，在两枚刀片的中轴有螺钉固定，只要抽走它就可以了。

　　肖嘉言定定地看着沈冬晴镇定非凡的背影，若是换作别的女生看到这样的情景早就胆寒了，而她小心翼翼地处理着捕猎器，将它拆散后，又小心地从他脚上取下来，然后脱下他的鞋袜检查伤口。

　　"别担心……"沈冬晴轻声安慰，"应该没有伤到骨头。"

肖嘉言有些不好意思地别过面孔,他觉得很丢脸,之前还在沈冬晴面前趾高气扬,但现在——他竟然疼哭了。

"真的很疼。"他看着自己受伤的脚,为难地说,"我现在走不了了,只能等文光来接我们了。"

楚君尧穿着球衣从外面回来的时候,没想到在家里见到了米荔。

"君尧,米荔这孩子太有心了,回来给她爸拜年还想着过来向我们问好。"

米荔冲楚君尧俏皮地吐吐舌头:"我不是来找你的,真的。"

楚君尧无可奈何地笑笑,朝房间里走去。

母亲在他身后嚷道:"换了衣服就快出来陪米荔坐会儿聊聊天,你们俩可真有缘分,小时候是邻居,长大了是校友……"

楚君尧把母亲的话挡在门外,刚刚从球场上下来,他的心情有些澎湃,想起年少时和何晨宇、敬嘉瑜厮混在一起的时光,令人难忘。

这一年的寒假他们三个人难得聚在一起,敬嘉瑜从香港回来,何晨宇从郑州回来,很难得的是黎允儿也来参加他们的聚会,何晨宇说是他通知的。

"我对你依然没有好脸色!"黎允儿一坐下就没好气地瞪楚君尧一眼。

"往事如烟,过去了就过去了!"何晨宇打着圆场,"爱情虽然没有了,但友情一定要在,我们见证了彼此成长,这是以后认识的那些朋友无法超越的感情!"

敬嘉瑜说:"感情这种事没有谁对谁错,何况楚君尧追毕夏的时候,是真心喜欢她……"

"对对对!"何晨宇猛点头,"这小子那时候因为毕夏选了文科班,气得快吐血!他每天跑去文科班找毕夏,那点儿猫腻我早看出来了。"

楚君尧想起了当年的自己,更心生羞愧,喜欢一个人为什么不能一直喜欢呢?那么喜欢的毕夏,那么看重的一段时光,却覆水难收。

"我觉得还是楚君尧跟毕夏的性格原因。"敬嘉瑜淡淡地说,"楚君尧随意洒脱,而毕夏严谨认真,他们的相处只是彼此忍耐。"

"敬嘉瑜!"黎允儿饶有兴致地望着他笑,"行呀,都成情感专家了,你是不是恋爱了?"

敬嘉瑜怔了下。

他刚说了几句话就已经让众人看出端倪,另外几个人起哄着让他坦白交代。

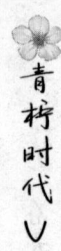

敬嘉瑜支支吾吾，面上却露出甜蜜的笑容："我只是表白了，人家还没答应我呢！"

何晨宇拍着桌子欢呼起来："还以为你做不出这种事来，没想到胆子比我还大……"

"反正就是说了……"

敬嘉瑜扭捏得脸都红了。

"能被你这个'闷葫芦'喜欢上的人真是为难她了——"

"何晨宇，你认真点儿，听敬嘉瑜说完。"

黎允儿没好气地敲打了他一下。

何晨宇突然停下来，盯着黎允儿的眼睛："这么认真，告诉你，其实我一直都喜欢你。"

周遭的喧嚣忽然消失了，楚君尧和敬嘉瑜默默地相视一眼，黎允儿的笑容一点点僵硬，好一会儿她才开口："我现在跟姚元浩在一起，你又不是不知道！"

"我知道啊，所以我没追你啊！"

何晨宇自嘲地笑了，然后他拍着篮球自顾自地走到一边，等楚君尧过去看他时，他已经哭得像个孩子。

楚君尧什么也没有说，只是拍了拍他的肩膀。

楚君尧换了身衣服走出房间，看到米荔陪着母亲在翻看相册，米荔指着一张楚君尧小时候穿裙子的照片笑得前俯后仰："倪阿姨，这张照片能让我翻拍吗？"

说着米荔就拿起手机，楚君尧一时心急，扑过去就抢，米荔一闪身抓起照片躲开，两个人在客厅里追来攘去，直看得倪蓝摇头好笑。

她早看出米荔对儿子的心思，倒觉得欢喜。

在知道儿子和沈冬晴分手后她松了口气，没有母亲愿意自己的孩子去背负别人的沉重，沈冬晴的命太苦了，如果儿子和她在一起会更加辛苦，也会付出更多。她更喜欢米荔这样单纯明朗的女孩，总是开开心心满脸笑容的模样。

楚君尧终于扣住米荔的手腕，想要抽走照片，后者大喊："疼。"

楚君尧顿时松手，看到米荔像兔子一样地跳开，就知道上当了。

米荔冲他做个鬼脸："回见！"说完她拉开门跑了出去，楚君尧只能看着她的背影气得瞪眼。

"妈，谁让您给她看的？"

"以后说不定是一家人,有什么关系?"

"妈!"楚君尧气急败坏,"您怎么可以这样?我跟她……跟她一点儿关系都没有!"

"米荔哪点不好,你说?"

"她没心没肺的,一天到晚笑嘻嘻……"说着楚君尧还学米荔眯着眼睛露出八颗牙齿笑。

"那是她性格好,又大气又开朗,知根知底,再说米荔多漂亮呀,还有她学医……"

"学医很好吗?"

"现在去医院看病多难呀,有个媳妇是医生,那妈还用去排队挂号?"

楚君尧无语地盯着母亲,他发现母亲想得太远了,而且她是认真的!

米荔又开始天天在他面前晃悠——那个顽固如小强一样的米荔满血复活!

他从抽屉里拿出那张交换生的申请表,认认真真地开始填写。他决定去米兰了,不全是因为何遇的话,还因为他想去欧洲看看——少年时有段时间他很喜欢欧洲历史,对文艺复兴这一时期尤其感兴趣。寒假回来在书柜里看到那几本书重新读了一遍,年少的那种热忱又被点燃了。

五

裴雨阳在回学校前去了趟北京,他远远地看着沈冬晴,她穿着运动衫,头发扎在脑后——看上去和他们刚认识时一模一样。

他收到了沈冬晴寄来的一本《行天下》杂志,在一篇文章里她的名字前写着:实习摄影记者。

《行天下》杂志在国内很有影响力,即使他鲜少看期刊,也知道它,没想到沈冬晴会在那里工作,他真为她高兴。她的光芒即使在暗夜里也遮挡不住,这么努力,这么坚持,除了对她有浓烈的喜欢,还有一份敬佩在其中。

他这次来北京不仅仅是为了见沈冬晴,还因为要参加一个试镜。这是一部谍战剧,是知名导演的大制作,他交过资料后,工作人员通知他到北京统一参加试镜。

大学四年他以为会很漫长,转眼就快毕业,父亲跟他聊天不再像以前那样严厉,心平气和了好多,这让他内心酸楚——这样的父亲,看上去老了很多。

母亲有天问他:"你跟杨美清怎么回事呀?她不是划伤了你的脸吗?那女孩骄纵霸道,比沈冬晴差远了,你可别犯糊涂,脚踩两只船!"

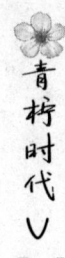

裴雨阳哭笑不得:"妈,你以前那么不喜欢沈冬晴——"

"不是没有对比就没有伤害吗?跟杨美清一比,沈冬晴就太好了!"

在知道沈冬晴现在已经在知名杂志社上班后,周媛啧啧道:"要不是当初有我们家的帮助,沈冬晴还是个小渔村的姑娘呢,真没有想到她会这么能干。"

"那你呢?"母亲话锋一转,"当年高考爸妈就反对你学什么表演,那么虚的东西学来能有什么用?现在毕业了就回来考个公务员,要不去你舅的公司上班……"

大学四年裴雨阳接拍了一些戏,自己却越来越迷茫,好像当年的那种激情已经没有了,要说后悔,又觉得不甘,这到底是自己的选择,对错也只能认了。

薛珊看到抱着书本走在前面的沈冬晴,正想要打招呼,却看到跟在她身后的裴雨阳,她上前轻轻拍了拍他的肩膀:"找沈冬晴?"

裴雨阳的眼神有些慌乱。

"既然你不愿意现身,那我不会告诉她。"

"我是来北京参加试镜的。"

"不用跟我解释。"

"那,我走了。"

"再见。"

裴雨阳没有转身,欲言又止。

薛珊忍不住笑了:"我又没留你,干吗对我依依不舍?"

"……"

"是想知道她的近况吧,其实不太好。"

"怎么了?"

"因为她工作的事,大家都误会她是一个有心机的人,你也知道她的性格,什么都忍着,所以受了好多冷言冷语。"

裴雨阳听完怒了:"他们就是嫉妒!"

薛珊没想到裴雨阳会去找邵伶伶,她原本只是随口把这件事告诉裴雨阳,但他的倔脾气怎么能见着沈冬晴受委屈,他跑到摄影社团警告邵伶伶和所有人,不许他们再嚼舌根。

有男生不服气跟裴雨阳争执了起来,推搡之间那个人从一米多的台子上毫无防备地摔下去,头磕在旁边的相机架上,一下就流血了。

等薛珊带着沈冬晴出现的时候,几个社团的男生正按着裴雨阳一拳拳地揍过去,邵伶伶在一旁冷眼旁观。

"住手！"沈冬晴和薛珊冲过去推开那几个人。

裴雨阳从地上抄起三脚架，狠狠地用膝盖折成两半，举起来一边挥，一边瞪着眼睛怒喊："来呀，你们都上，今天我一个人也要干掉你们！"

"裴雨阳！"沈冬晴厉喝一声，"你以为你还是十六岁吗？放下！"

"他们——"

"那是我自己的事！"

"你的事就是我的事！"

"我们已经分手了！"

"可我心里没有！"裴雨阳脱口而出。

沈冬晴的眼泪无声地涌了出来，她看着眼前的裴雨阳，仿若回到了年少时，那个为了她不惜和全世界对抗的少年，他蛮横、霸道、任性、胡闹……他是那种无法无天的坏小子，但他却把最柔软的感情给了她。

沈冬晴走到他身边，语气很淡："别闹了。"

说完这句她转身离开。

"都怪我多嘴！"薛珊自责地对沈冬晴说，"你别生他的气，他那样做还不是为了你。"

薛珊朝默默跟在她们身后的裴雨阳看一眼："要是我，我会很感动——"

"我感动。"沈冬晴静静地说，"可是我也很害怕，上一次他来学校揍了顾祁俊，这一次来学校又打了摄影社的人，每一次为了我的事都让他失去理智，这让我感动也让我担心……我怕我会成为他人生的负担。"

"没你想的那么严重。"

沈冬晴变得很沉默，片刻后缓缓地说："有时候我觉得自己像个灾星，会给爱我的人带来灾难。"

薛珊低呼起来："你怎么会这么想？"

她望着沈冬晴，看到她苍白的嘴唇和精疲力竭的脸，明白她是认真的。她一直觉得沈冬晴就像冬日里一株努力向上攀爬的植物，在经历那么多不幸和挫折后，依然会迎着阳光重生。但现在的她看上去无恙，内心已经千疮百孔。

薛珊心疼这样的沈冬晴，可不知该如何开解。

 第四章

谁的心不挣扎

Qingning Shidai V

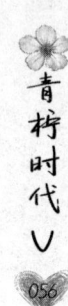

一

毕夏在后台稍事休息，穆锡立在门口时，竟然失神片刻。

今天作为设计师会有记者拍照环节，所以毕夏特意打扮过。她穿着一件织锦的衬衣，到脚踝的长裙，裙边有深蓝色的牡丹和兰花，枝叶交错，优雅别致。她将光滑发亮的头发从头顶分成两半，在脑后连在一起编成松散的马尾，在明亮的灯光下显得特别端庄温婉。

他一直知道毕夏很漂亮，但是特意打扮后，竟然令人感到惊艳。

他戳在门口打量了她好一会儿，对这个女孩充满了好奇和喜欢。他身边一向不缺投怀送抱的女生，自己也是阅美无数，但毕夏的清冷还是成功激起了他的征服欲。

一大束捧花从天而降，毕夏略抬头，看到笑容满面的穆锡。

"祝贺你！"

毕夏若有所悟："我能参加这个秀，是因为你——"

"如果我说是，你会对我有所感激吗？"

毕夏默默回答："谢谢。"她不是不知好歹的人，原本就觉得奇怪，自己的设计已经被Kleine否定，怎么又突然通知她参加米兰冬季时装周呢？当时她隐约觉得这可能跟穆锡有关系，但Kleine已经当众宣布了这个决定，所以她决定全力以赴。

"冬花"系列是她第一个秀，她希望能做到最好，从设计到选料，还有最后的完工，她都费尽心思。仅仅为了找到适合图案的丝绸，她就联系了数十家厂商，样品布看得眼花缭乱，最后是黎允儿给她从国内一家手工桑蚕丝作坊里找到了她需要的花式。

找到满意的布料后，她全部自己缝制，熬了几个通宵，好不容易完成。

黎允儿看她发来的照片，啧啧赞道："不过去米兰几个月，你就被熏陶出这种境界了？"

"所以我这种水平竟然要参加正式的秀，是不是不自量力？"

"别妄自菲薄了，说真的，我觉得不错。"

"这是因为你不懂——"毕夏笑了。

"那些所谓名家稀奇古怪的设计我真是不懂，时尚和流行应该建立在能穿出去见人的基础上吧？作为一个普通人，我觉得你设计得真的很漂亮！"黎允儿宽慰道，"你也别有压力，这不过是你人生里的第一场秀，以后会有很多很多的机会。"

黎允儿的话让毕夏忐忑的心平复了下来，尽管她已经尽力了，但她也知道以她的水平还有很多欠缺的地方。当她把自己的设计呈现在Kleine面前时，他脸上的那种不屑毫不掩饰地表露了出来。

因为这场秀，毕夏在工作室和同事的关系也变得很微妙。现在他们不仅不安排琐碎的事情给她，反而将她排除在外，故意冷落和忽略。好在Amy还会跟她聊聊天，帮她一些忙，她告诉毕夏大家都在传她可以和Kleine一起参加这场秀，是因为有人出高价赞助了她的设计。这让别人觉得不公平。

对于穆锡的好意，毕夏无言以对。这个男人不管是拿张黑卡也好，还是发狠地送礼物也罢，都是以一种有钱人的思维，觉得所有的女人都会对他趋之若鹜。

"你看上去并不开心？"穆锡戏谑地说，"是不是才展出三套服饰觉得不满意……"

"你误会了。"毕夏淡淡地打断他，"能有这样的机会我很开心，只是穆先生，以后我的事能请您不要插手吗？"

"看来我枉做好人了。"

"靳雯雯呢——"

毕夏以为靳雯雯也会参加今天的秀，毕竟这是很重要的活动——自从她搬走后，她们就鲜少联系。毕夏不是那种热络主动的性格，所以在米兰的这几个月，她并没有特别要好的朋友，而对靳雯雯，她多了一分关切。

"你担心她？"穆锡讥诮地笑，"人家可比你识时务，已经攀上高枝了。"

毕夏想起靳雯雯搬走那天来接她的车，心里有些复杂的情绪。当初靳雯雯为了梦想留在米兰，但看来现在的她已经放弃了梦想，而她呢，会坚持多久？努力一个月终于完成了这场秀，但结果并不理想，没有谁注意到她的作品，甚至在设计师和模特拍摄环节她也被遗忘，这样的冷遇她已经想到了，但真正面对时还是有些挫败感。

见她表情沮丧，穆锡笑着说："如果我告诉你一个好消息，不知是否会让你感觉好点儿？"

毕夏不由得望向他。

对着毕夏黑锆石一样的瞳孔，穆锡的心竟然狂跳起来，他轻佻地伸手抬起她的下巴："这还是你第一次正眼瞧我呢！"

"穆先生！"毕夏格挡开对方的手，蓦地起身，"请你自重。"

穆锡收起戏谑的笑容："Lucy（露西）对你刚才参展的服装挺有兴趣，她希望在你那里定制一套礼服。"

毕夏狐疑地盯着他，并没有他预想的惊喜。

"不是你想的那样，刚才我听她在打听你的系列，顺势告诉她这个设计师我认识。"

"真的？"

"当然！"

毕夏自然知道Lucy，虽然不是一线影视明星，但也声名在外。

"她新参演的片子是在中国拍摄，所以希望穿一些中国风服饰，这也是对中国观众的一种讨好。"他停顿一下，小心翼翼选择着措辞，"平心而论，虽然你的'冬花'系列算不上大气磅礴，也没有特别出众之处……"

毕夏的脸微微地红了。

他笑着继续说："但这几件袍子——"

"是旗袍。"

"上面的花还挺美。"

毕夏哭笑不得。她是将旗袍和礼服两者结合设计的，既有玲珑柔美的一面，也能展现妩媚性感。可是看来她这个设计水土不服，让人记住的只是花式。

"她想跟你一起共进晚餐。"

"穆先生，这恐怕是你的安排？"

"好，我承认我有私心。但如果我不引见，你跟她沟通起来会有点儿困难。"穆锡游说道，"作为设计师不应该错过任何一次展示的机会，特别是私人定制！这套服装一旦上了新闻，很快就会被大家谈论，你也能更直观地接收到反馈的信息。"

毕夏依然很迟疑。

"再说了我只是介绍你们认识，是否满意取决于她。"

毕夏思忖一下道："对不起，我想我只能谢谢你的好意。"

"Why？（为什么？）"

"我觉得现阶段我接私人定制还不够资格，不如让她联系Kleine。"

毕夏已经拒绝了，但第二天她被Kleine请进办公室时，没想到Lucy也在。她亲自来请毕夏为她设计一套礼服。

"听说你拒绝了我！"Lucy笑着站起身，抱着毕夏给她一个贴面礼，"亲爱的，我很伤心，所以只能亲自来拜托Kleine了。"

毕夏有些意外，但心里觉得这应该和穆锡有关。

"我已经接下这份工作了，Mia，具体的细节你和Lucy详谈。"

毕夏还想要拒绝，但已经被Lucy再一次抱住，惊喜地喊起来："我觉得你会是我的福星，穿上你设计的礼服，我的电影一定也会受人瞩目！"

二

一直到三月，黎允儿才和宜信创投签订了天使投资协议，给已经走到山穷水尽的公司注入了新鲜的血液。之前的那段时间，黎允儿觉得自己快撑不下去了，公司员工的工资都快发不出来，不断地有人辞职，雪上加霜的是业务部经理带了他的骨干集体出走。

黎浩天都不抱希望了，他决定给员工一笔遣散费，然后关掉公司。

"虽然很可惜，但见你这么努力地想要挽救公司，爸爸也是欣慰的。"黎浩天由衷地说，"我也老了，不想再折腾了。爸爸妈妈呢，希望你过得轻松一些，继续念书也好，找份工作也罢，谈谈恋爱，结婚生子，我们也就放心了。"

"是呀，看你最近瘦得下巴都尖了！"甄岚心疼地说，"你爸那个公司不做就不做了，反正有钱没钱不重要，重要的是我们一家人开开心心地在一起。"

黎允儿惭愧不已："公司变成这样都怪我——"

如果不是招惹了欧洋，公司怎么会树敌呢？那家富恒公司步步紧逼，不仅在投标会上不计成本地抢标，还以各种手段挖走客户。黎允儿气不过，想找欧洋理论，但他就像消失了一般，毫无踪迹。

"公司没了就没了，爸妈大半辈子都过来了，什么风雨没经历过？人生在世，不必计较太多。"黎浩天一手揽着妻子，一手揽住女儿，"你们好好的，我才安心。"

黎梓然去世后，黎浩天觉得自己越来越力不从心，拼搏了半辈子，却连唯一的儿子都没有照顾好。一想到黎梓然他就痛彻心扉，这个突然出现的儿子带给他短暂的快乐，留给他的是一生的遗憾。这一生他连弥补的机会都没有了，所以现在的他更加重视家人。他也知道欧洋家的背景，所以为了保护允儿，更想要关掉公司息事宁人。

黎允儿只得接受父亲的意见，开始着手资产清理，给员工拟定赔偿协议。

虽然她后来又去见过几家风投公司，但没有谁对她的新项目感兴趣，就连陆怀箫也分析，她的节能项目在实际操作阶段会很困难，孵化期太长，这一点风投公司最不满意。

所以在接到宜信创投项目负责人关勤打来的电话时，黎允儿简直有绝处逢生的感觉。

"节能项目不一定赚钱，但公司觉得有这样的项目在面上好看。"关勤说得很直白，"我们在媒体上也要宣传，你懂哦——"

黎允儿被饴得冒火，也只能赔着笑脸："放心吧，这个项目不仅会让你们赢得口碑，还会为你们赚不少钱。"

"具体细节上你还得过高总那关。"

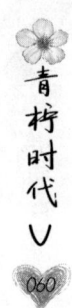

"高总？"黎允儿想起"灰衬衫"，他在项目介绍会上咄咄逼人的样子让她记忆犹新。

"对，虽然那天你表现得特别没品。"之前一直是关勤在和黎允儿接洽项目，他也是这个项目的负责人，可没想到黎允儿会对高总无礼，当时他满头是汗，后悔不已。谁都知道高总在公司的铁腕管理，工作上稍有差池都会被他训得狗血淋头，这黎允儿把他害惨了。

黎允儿讪笑："高总在公司里负责哪一块？"

"整个公司都归他管，你说呢？"

"那我会不会再被他羞辱一番？"

"高总没那个空——"关勤想了另外一种可能性，但心里立刻就否定了。虽然黎允儿性格爽朗，但她长得不够好看，身材连苗条都谈不上，而高总亦是有家室的人，怎么看他都不会对黎允儿有别的想法。

"你们真的决定要投资？"黎允儿不确定地问。

"谁有空跟你浪费时间？"关勤没好气地说，"我们公司每年投资的项目上百个，总归有一些是要亏损的！"

黎允儿根本顾不上他对她那股子不屑，这惊喜让她激动得蹦了起来。

她冲进父亲的办公室告诉他这个好消息。

"这个项目跟公司之前的业务毫无关系，所以富恒公司是没有办法插手的。"黎允儿急切地说，"可以把公司人员重新调配，要成立新的技术部门，还要对销售部做培训……"

"我不同意。"黎浩天看着激动万分的女儿，待她平静一点儿，缓缓地说，"资本运作不是你想的那么简单，你现在经验太少，有的只是一股冲劲，不宜操之过急。"

"爸！"黎允儿难以置信地盯着父亲，"您就这么不相信我？"

"我相信你会很努力，但经验的积累不是一朝一夕能达成的，你得一步一步来。"黎浩天语重心长，"拿了这么一大笔钱你将怎么分配？预算的合理性又怎么判断？市场的调研你做得透彻吗？未来的风险你估算过吗？"

"这些都可以在实际操作中解决！"

"可这不是你的学费！你得对投资人负责！"

"我相信我的项目会成功——"

"我比任何人都希望你能成功。但允儿，你刚刚走出校园，得先磨炼。"

"这是机会，是挽救公司最后的机会！"

"可我不想看着你为这个机会付出昂贵的代价！"

"有你在我旁边指导我！"黎允儿的心情就像从炎炎夏日里变成了数九寒天，她以为父亲会为她骄傲，为她高兴，但没有想到父亲并不信任她能做好这件事。她觉得很委屈，就连风投公司都认可了她的项目，为什么得不到父亲的认可呢？从考察项目到做策划书，父亲都没有阻止，原来是因为他从来都没想过她会真的拉来投资。

所以他才会提出关闭公司。

黎允儿不服。

"我不知道风投公司出于何种考虑，但允儿，爸爸了解你，你现在的资历远不能胜任这件事。"

"为什么我不可以？"黎允儿反驳，"风投公司都已经审核通过了，证明我有这个能力。"

"允儿——"

黎允儿和父亲的谈话不欢而散，她觉得极度郁闷，想从母亲那里得到安慰。

没想到这件事就连母亲也反对："这件事还是听你爸的。"

"妈！"黎允儿脸色一沉，"他就是不信任我！"

"允儿，你想要做的事爸妈一向支持你！不管是出国也好，回国也罢，我们都由着你，可是这件事非同儿戏。"母亲抬手拂拂她额前的发，"这个节能项目你爸也有所了解，你觉得很好不代表市场就认可，成本太高推广会很困难。"

"还没有开始呢，你们就觉得会失败！"

黎允儿见跟母亲沟通不畅，干脆背转过身生闷气。

她心里真的很憋屈，甚至想着莫不是父亲觉得她是女孩，所以才不相信她也能干大事？如果是黎梓然呢？如果是黎梓然想要做成这件事，父亲一定会支持的。

想到弟弟，黎允儿一阵难过。

三

沈冬晴和肖嘉言这一次出差的目的地依然是云南，他们要去腾冲高黎贡山的一个村庄，了解历史悠久的手工造纸术。

肖嘉言第一次看到沈冬晴拍的照片，就怔住了，然后不遗余力地夸她："听说你当时没有面试直接空降到编辑部，以为你和高主编沾亲带故，没想到你还真有两把刷子，拍的照片生动细腻，那种舞蹈的神韵都让你捕捉到了，我敢说你会成为很优秀的摄影记者。"

沈冬晴现在对拍照也越来越有心得，但她从来没有想过以后以这个作为自己的职业，在看着自己的名字前缀着"实习摄影记者"的字样时，她的内心也是激动喜悦的。

这么精致的杂志，在多年前她也只能仰望。

这是她的梦想吗？不，她的梦想里从来没有奢望过会从事什么职业，当她到耀华中学的时候，想到的只是能考上一所大学。那时她的成绩一塌糊涂，特别是英语，一开口就会惹得全班哄笑，后来成绩一点点追上去，她也不敢去想太远的未来。

他们那个村里的孩子大多高中毕业就出去打工了，能考上大学的特别少，在她考上北京师范大学后连村长都惊动了，带领全村的人到她家去祝贺——她觉得那是父母最开心的一天。

选择师范院校也是因为父母说女娃当老师挺好，生活安稳，也受人尊重。当然学费低也是一部分原因，那时候她想的也只是等到毕业找份工作让父母过上好日子。

谈梦想对于沈冬晴来说太奢侈了，她需要的是踏踏实实的生活，需要的是解决眼前的困境，可现在的她突然有了梦想。

她的梦想是要去很远很远的地方，将整个世界留在心中，也留在镜头里。

"你总是这样吗？"肖嘉言突然问。

沈冬晴不明就里地望向他。

"别人还在讲话，你就已经陷入自己的沉思里。"肖嘉言不满，"是不是太不尊重人了？"

"啊，对不起。"

"这种道歉太敷衍了。"

"我刚才有听你说话。"

"我是问以后我的采访都由你来拍摄，可好？"

"这个，"沈冬晴犹豫，"不是得张主任安排吗？"

"反正我不管！"肖嘉言有些孩子气地说，"你得把你的时间全腾出来给我。"

他觉得沈冬晴太安静了，安静得让他总是想要"逗"她，见她有一句没一句地回答他，他会有些小开心。杂志社的其他摄影记者与他关系也不错，但他总觉得没有跟沈冬晴一起出差有趣。别看她很文静的样子，骨子里却倔强有主见，在拍照这件事上根本当他的话是耳边风。所以合作拍摄了几次下来，他也就摸清了她的脾气，不再插嘴。

虽然是实习记者，但参与采编就有工资，加上底薪，对于还是学生的沈冬晴来说收入不错了，可他没见她好好打扮自己一下，都是宽松的运动衫，素面朝天。有次他跟她借手霜，发现她用的是最便宜的超市货。

这样的沈冬晴却让他觉得格外特别，渐渐地就生出了好感。

肖嘉言大约和云南特别不投缘，一到腾冲就病了，起初是咳嗽，后来鼻子也堵住了，张着嘴巴呼哧呼哧地大喘气，特别难受的样子。到了果戈村采访的时候他已经头痛欲裂，直接栽床上起不来了，老乡请来当地的村医，给开了些药。

沈冬晴也很担心，高原反应最怕感冒，现在他这种情况应该赶紧下到海拔三千米以下。可是肖嘉言虽然昏昏沉沉的，但他不愿意走，说工作还没完成呢。沈冬晴也说服不了他，心里只能祈祷着他吃了药睡上一觉就会缓解。

最近几期的采访肖嘉言都带着她，也不像开始时盛气凌人，倒是在工作上给了她更多的照顾，让她有更多的拍摄机会。也是因为这样，杂志社其他同事会拿他俩开玩笑，她虽然心里坦然，但平日也减少了和肖嘉言的接触，不想让别人误会。

肖嘉言服下药后变得更难受了，沈冬晴看他撩开自己的衣袖时大吃一惊，上面全是红疹子，星星点点。

"刚才给我吃的是什么药？"肖嘉言一开口就喘着粗气，"是不是有青霉素？"

沈冬晴手忙脚乱地把药找出来，发现里面果然有青霉素类的消炎药。

"我青霉素过敏——"肖嘉言难受地想要挠后背，皱着眉头说，"帮我！"

沈冬晴脸一红，扶起他在他后背挠了几下，发现他脸变得潮红，呼吸也越来越困难。她赶紧去找医生来，医生也束手无策。

"哎呀，都怪我！"医生自责道，"看他感冒得这么严重，就下了猛药，也忘记问他过敏史了。"

"林医生，你说你怎么这么糊涂？"村长气急败坏，"以后你别想再出诊了！"

"村长，先别说我了，得赶紧送医院！"

"可他这个样子，恐怕——"村长欲言又止，暴怒地拽住医生的领口，"你就不能想点儿办法出来，这到县城得六个小时，又是夜路，太危险了！"

"这种情况得注射肾上腺素或者注射地塞米松，这两种药恐怕只有县城医院才有……"

沈冬晴看了一下地图，从果戈村到县城要六个小时，现在肖嘉言的情况特别不好，很难坚持到县城，而在果戈村和县城的中间有一个洛江镇，那里的医疗条件稍微好一些，距离这里三个小时车程。她当机立断决定赶往洛江镇，同时拨打了120急救电话，希望县城那边能派出医护人员前往洛江镇，这样可以争取三个小时的时间。

沈冬晴镇定地对肖嘉言说："现在我们送你去医院，你得坚持住！"

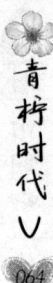

肖嘉言已经处于半昏迷状态，可他蹙起的眉让沈冬晴知道他很难受，她轻拍他的背，替他擦掉额头冒出来的虚汗。

等他们赶到镇上时，从县城来的急救医生已经做好了准备，迅速给肖嘉言注射了肾上腺素，在他的血压有所回升后，又分几次继续注射，所幸抢救及时，加上不是静脉注射青霉素，药量不大，所以在天亮时他的血压就已经恢复正常。

"每次都拖累你。"肖嘉言靠在床沿，内疚地对沈冬晴说，"如果有事，你拍了照片先回学校。"

沈冬晴摇摇头，把苹果切成小块递给他，垂着眼轻声地说："对不起。"

"啊？"肖嘉言失笑，"又不是你给我下了毒。"

"真的是因为我，你才会连着出事。"

肖嘉言的笑意更浓了："上一次遇到捕猎器和这一次误服青霉素都是因为你？难道是因为你讨厌我，下了咒语诅咒我？"

"靠近我的人都会遇到不好的事。"沈冬晴垂了垂眼，又补充一句，"是真的。"

"难道……"肖嘉言揶揄地问，"你就是传说中的扫把星？"

他看着沈冬晴黯然的眼神、忧郁的表情，终于相信她对自己的评价是认真的。

"怎么会？"肖嘉言宽慰道，"这是意外，跟你没有任何关系，你这样想实在很牵强！"

"为什么你以前去那么多地方都没有受伤，可是和我一起出差两次，两次都出事？"

"都说了是意外，我自己不小心，还有林医生的马虎……"

沈冬晴眼里有晶莹的泪珠，昨天晚上肖嘉言昏迷的时候，她越发相信自己是不祥之人了。

"沈冬晴，你是个大学生，受过高等教育，怎么可以这么愚昧？"肖嘉言望着她，严肃认真地说，"也许你身边的人发生了一些什么不好的事，但这跟你没有关系！我觉得你需要看心理医生。"

沈冬晴苦涩地笑笑，如果他知道发生在她命运里的不幸，还会这样笃定吗？

他们从云南回北京后，沈冬晴不再跟肖嘉言一起出差采访，即使是张主任安排的工作，她也以学校有课为由拒绝。

有天沈冬晴刚走到杂志社楼下就被肖嘉言拦住："我们得谈谈。"

沈冬晴有些错愕地望着他，四月柔软的光线里，她的面庞清丽如寒梅，自然而芬芳，看得他心里一阵激荡，失神了片刻。

"有事吗？"沈冬晴轻声地问。

"旁边有家咖啡馆，我们去喝一杯吧。"

"不是要开会吗？"

"没会，我瞎说的。"

沈冬晴无语地望着他。

"你想一直站在这里吗？"肖嘉言不由分说地牵住她的手，"不管是作为同事还是朋友，我都必须严肃认真地和你谈谈。"

沈冬晴慌忙松开自己的手，不想在这里拉拉扯扯，只得跟着他去旁边的咖啡馆。

"喝什么？"

"请给我一杯水。"沈冬晴对侍者说。

"两杯摩卡，谢谢。"

沈冬晴连忙说："我不喝咖啡……太苦，喝不惯。"

"那给她一杯柳丁汁。"

"不用！"

沈冬晴在肖嘉言不满的目光里收了声，她感觉他今天心情不好，应该是特别不好。

肖嘉言端坐好，两手交握放在桌面上，咄咄逼人地问："你知道我是谁吗？"

"啊？"

"我姓肖。"

"这个我知道。"

"我爸是肖冬成。"

"哦。"

"只是哦？"

"你知道肖冬成是谁吗？"

"社长？"

"对，我爸就是这家杂志社的社长。"

"那挺好的。"沈冬晴完全不知道他想要说什么。

"就这个？"

"你希望我说什么？"

"感受？体会？心情？"

沈冬晴觉得自己被问住了。

"你真的不知道？"

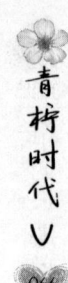

"挺巧的。"

"沈冬晴!"肖嘉言有种被轻视的感觉,他以为她会表现出点儿惊讶来。

沈冬晴看了看时间,她想一会儿回宿舍时给薛珊带一份晚餐回去。她和清华的男友交往了两年,但这个男生突然提出分手,理由是他们聚少离多。沈冬晴觉得那个男生的理由太牵强了,但即使刨根问底得到真实的原因又怎样呢?分手依然势在必行。薛珊心情很糟糕,几乎不吃东西,沈冬晴每天陪着她,照顾着她,希望她能尽快走出低谷。

"喂,你又神游到哪里去了?"肖嘉言抬手在她面前晃,惨叫,"我在跟你讲话呀!"

"对不起。"

"沈冬晴,你真的不在意我是谁?"

"这跟我有关系吗?"沈冬晴不解地反问。

肖嘉言沮丧极了。

"那你为什么不服从安排?和我一起出差让你这么丢脸吗?不知道的人还以为我对你做了什么,所以你才不愿意跟我一起出差!"

沈冬晴歉疚地说:"这个我会去解释。"

"我爸是社长,你就没有想过要巴结我?"肖嘉言觉得自己此番谈话完全没有达到目的,他希望的不过是沈冬晴能重视他。

"那……"沈冬晴思忖一下,"我可以求你件事吗?"

"说。"

沈冬晴把邵伶伶的梦想告诉了他,希望他能帮忙让她也到杂志社实习。

"她是你的好朋友?"肖嘉言问。

沈冬晴沉默一下:"之前我陪她来面试……"

"她一定很生气吧?"

"没有,她很好。在我不想接受这份工作的时候也是她鼓励我,她帮了我很多,所以我也想帮她一次。"

"行,我答应你!"肖嘉言又补充一句,"谁叫你是我的救命恩人呢。"

四

最后一学期,学校的课程已经很少,大家都在为毕业后的去向忙碌。裴雨阳却对演戏感到越发索然无味,当年的自己不过是想要耍帅扮酷,觉得做明星受人追捧,可接了几部戏下来,越来越不想再演下去。被杨美清伤到脸的时候他想换去导演系,但没通过，这才勉强坚持到毕业。

父亲劝他去考研或者考托福出国，换个专业，可他知道自己几斤几两，学习这种事他从来不拿手，现在能争取不挂科就已经很吃力了。母亲想要说服他回家乡考公务员，一想想那种朝九晚五的工作他就胆寒，他不想一辈子被困在一个地方。

那到底做什么呢？裴雨阳觉得自己二十二岁才来考虑人生已经输在起跑线上了，关键是他思考了很多天都不知道自己想做什么，这种感觉真糟糕。

接到杨美清的电话时，裴雨阳正在写毕业论文——《浅析影视表演和戏剧表演的异同》，这论文写得他已经快抓破头皮了，异常痛苦。

"我又住院了。"杨美清在电话里幽幽地问，"你能来看看我吗？"

裴雨阳默默地回答："我现在过来。"

杨美清自从出院后一直留在上海，她父母找了中医给她调理气血，希望能让她的抵抗力变好一些。裴雨阳去过她家，有时候是她心情不好给他打电话，有时候是她母亲打给他，说她发脾气不肯吃饭。她的情绪一直很不稳定，经常陷入忧郁的情绪里难以自拔，她的父母很怕她得抑郁症，只能拜托裴雨阳过去陪陪她。

"她坚持要留在上海，我们知道是为什么。"杨美清的母亲说，"这孩子从小就任性，没想到在感情上也这么任性……小裴，虽然美清现在身体不好，但我们家这条件，你跟她在一起不会委屈你的！"

"阿姨，我有喜欢的人。"

"不是分手了吗？"

"可我还喜欢她。"

"美清哪一点配不上你？"

"你们希望美清幸福，那应该让她和一个喜欢她的人在一起。"

杨美清的母亲长长地叹口气。她这也是没有办法了，看着女儿郁郁寡欢的样子，只能拉下老脸来求裴雨阳，可裴雨阳一口就给回绝了，她又不能真不让他来，那女儿会更不开心。

裴雨阳到医院的时候，杨美清正巴巴地望着门口，一见到他就两眼放光，满脸笑容："雨阳，你终于来了？"

"快吸氧！"母亲把氧气罩替她戴上，心疼地说，"你是存心让自己病吗？一个月进医院三次，就算这样，心疼你的也只有你爹妈！"

"妈——"杨美清面色不悦，"要是不愿意送我来医院，就让我死在家里算啦！"

"你说你！"杨美清的母亲又急又气，更怕女儿生气，只得缓缓语气，"别动不动就提死，多不吉利……你就不能爱惜自己一点儿？"

杨美清赌气地说："你再啰唆我就不输液了！"

"这孩子！"

"阿姨，我陪她输液吧，您休息一会儿。"裴雨阳说。

杨美清的母亲冷冷看他一眼，转身离开了病房。

杨美清不满地说："我妈最讨厌了，这么没有礼貌！裴雨阳，你别理她！"

裴雨阳觉得杨美清对她母亲的态度太恶劣，但自己又有什么资格教训她呢？她现在躺在病床上不全都是他害的？

"我要进剧组了。"裴雨阳轻声说。

杨美清一怔："你烦我啦？"

"不是，是接了新工作。"

"那去哪儿？"

"有沙漠戏，先去内蒙古，然后……"

"裴雨阳，你什么意思？"杨美清的声音陡然变得尖锐，"你明明知道我现在的身体状况，还要走那么远？"

"可是我得工作呀！马上就毕业了！"

"你想演戏还不简单，凭我爸的人脉……"

"这是我的事！"

"你的事就是我的事！"

裴雨阳沉默下来，他觉得和杨美清争执是很不理智的一件事。

见他面色阴沉，她小心翼翼地问："你生气了？"

"杨美清，你不是孩子了，你该长大了！不管是对你父母，还是对其他人，你都不能太自私，只考虑自己的感受！"

"好，我答应你，我改！"杨美清泪眼婆娑地望着他，"我只是不想和你分开！现在好不容易……好不容易你才愿意来看着我，陪着我……"

"我不能陪你一辈子！"

"为什么不可以？"

"你有你的生活，而我有我的！"

"不行！我不同意！"杨美清歇斯底里地喊起来，"是你把我变成这样的，你得负责！"

"如果可以，我愿意把我的命赔给你！"裴雨阳无可奈何，"但要我一辈子都这样，我不愿意！杨美清，我已经答应你不和沈冬晴来往了，你还要我怎样？我不喜欢你，你这样拘着我有意思吗？"

杨美清的呼吸变得急促起来，她脸色苍白，颤声指着门："滚！我再也不要见到你！"

裴雨阳一时迟疑。

杨美清干脆一把扯掉手上的点滴，想要站起身赶他走，但随后她捂着自己的胸口疼得蜷缩起来。

裴雨阳立刻去找医生，当他们对她急救时，他一直站在走廊上，烦躁地朝墙猛踢几脚。

他真的很想狠下心来不理会杨美清的死活，她那么令人讨厌，又那么盛气凌人。不管是以前还是现在，她只是想用尽一切手段让他不幸福——她的目的达到了。

可他无法忽视她的存在，做不到不管她。

裴雨阳一个星期后进剧组去了内蒙古。杨美清出院的时候又给他打了电话，他接了但告诉她，他不在上海。

他早知道她的，这样的戏码已经演过很多次了，冲他发脾气后又若无其事地找他，他如果不理，她母亲就会打电话过来求他，他于心不忍，只好去见她。

这一次去内蒙古拍戏，他之前还在犹豫，但在医院见到杨美清时他决定接下这份工作。

他接的是一个跑龙套的角色，但因为是主角身边的侍卫，所以出镜的场次很多。

他们剧组驻扎在巴丹吉林沙漠上，荒芜之地，大漠孤烟，无戏可拍的时候他就躺在沙丘上看剧本发呆。那两条手链总是被他随身携带，思念的时候会拿出来看一看。

沙漠的夜晚，星空波澜壮阔，澄净浩渺的天幕上，满天的星星就像缀在上面晶莹的宝石，美得让人觉得伤感。

他很想对沈冬晴说，这样的时候真希望你在。

不仅仅是在看星空的时候，还有看日出日落的时候，行走的时候，甚至是和旁人说着一个笑话的时候，心里都有一种希冀，想着若她能在就好了。有一天他们在大漠尽头看到了海市蜃楼，那空中楼阁如昙花一现，所有人都兴奋起来，裴雨阳的心却布满了忧伤。

他在想，他与她相识的这五年，是他这一生的奇迹，但也许，这一生也就只能这样了。

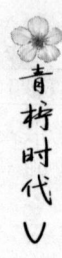

有时候看着镜中自己的模样,他会觉得陌生。

十七岁遇到沈冬晴的时候,他是个横冲直撞、果敢决断的少年,如今,他倒是开始犹豫不决了。好像除了把自己抛在这寂寥之地,躲在每日的工作里,他不能再做任何事。

工作不算枯燥,他饰演的这个角色耿直率真,是他喜欢的性格,主角是个被父母遗弃的孤儿,阴差阳错到大漠来寻宝,而裴雨阳不仅是主角的随从,也是他的朋友,跟他一路出生入死。

这也是裴雨阳的本色演出,他演起这种混不吝又仗义的角色,连导演都觉得出彩。

"科班出身还是有两把刷子。"导演对裴雨阳说,"后面会给你加戏,好好演。"

"导演,我想跟你讨论下剧本。"

"你?"导演失笑地望着裴雨阳。

"我觉得这场、这场还有这场都特别不合逻辑!"裴雨阳举着剧本指给他看,"男主被父母抛弃二十年,怎么能一下子就冰释前嫌,这不合逻辑!还有这里,罗奶奶一直都很讨厌女主,怎么就因为她脚崴了女主背了她就大爱无疆了?再有,女主肯定知道孩子父亲是谁,为什么还要滴血验亲……"

"这个你都不用管,好好拍你的戏!"导演有些不悦。

"可是得对观众负责呀,被一眼看出有逻辑问题,会让人觉得这电视剧弱智!"

"裴雨阳,说什么呢?"导演脸色一沉,厉声道,"别蹬鼻子上脸,说白了你就比群演好点儿,爱拍拍,不拍拉倒,轮不到你在这里指手画脚!"

"就算是群演,我也有自己的建议!"裴雨阳倔强地盯着他,"这个剧本很多逻辑有问题的地方,根本经不起推敲,就这样拍出来只会被观众吐槽。"

"裴雨阳,快跟导演道歉!"一旁的编务递眼色给他,又对导演说,"他就是年轻气盛,导演您别跟他计较。"

裴雨阳不想编务难堪,缓缓语气道了歉。

"说逻辑有问题,那你觉得怎样才合理?"导演见着围观的工作人员,不想让旁人觉得他独断专行,挑衅道,"要不你写个剧本出来?纸上谈兵谁都会,真正能写出来才叫本事。"

裴雨阳一怔。

"你知道写这个剧本的编剧是谁吗?没他同意,我都不能随便改他的本子!"导演不屑地扫了一眼,"还是认真揣摩你的角色吧——"

"那我试试。"裴雨阳突然斩钉截铁地说。

"行，那你写出来让我看看。"导演说过这句话回头就忘记了，他才不相信裴雨阳能写出什么像样的东西，在他眼里，他就是一个急功近利的演员，只是想要在他这里博眼球。

他不吃这一套。

裴雨阳认真了，他抱着笔记本电脑坐在无人的角落里，开始认真地敲敲打打。

他原本想只改剧本不合理的地方，写着写着就把整个故事的架构给变了——对于裴雨阳来说，他从来没有写出过这么多文字，平日里的论文作业都让他头痛，没想到写起故事来却水到渠成，噼里啪啦灵感火花直冒，越写越觉得酣畅淋漓，到后面都快收不住结局了。

十天后他把剧本打印出来交给导演，厚厚的一沓，竟然好几万字。

导演愣住了："你还真写了？"

"不然呢？"

导演不由得笑了："没想到你这小子还真倔！"

"这可能是我唯一的优点了。"裴雨阳扬扬得意。

不过等裴雨阳走后，导演随手把他的剧本一放，压根儿就没有想过要看。等到裴雨阳催他的时候，他敷衍地说看过了，觉得不怎么样。裴雨阳不死心地追问到底哪里不好，他又说不出来，两个人在片场差点儿又吵起来。导演一怒，对副导演说，把剧本改改，让他这个角色早点儿滚蛋。

裴雨阳却跟导演杠上了，他逮着机会就问导演看了剧本没，导演不胜其烦，终于有天他百无聊赖地拿起了剧本想要大致看看，没想到一看就被吸引住了。

这个故事明显比原来的剧本更精彩，人物命运的起承转合也显得更合情合理……

当副导演找到裴雨阳的时候，他正在背最后一场戏的台词。

"导演找你！"副导演气喘吁吁，"你那个剧本他说不错，要找你讨论呢。"

"我就知道！"裴雨阳不由得笑了。

他发现比起拍戏，比起做导演，他原来更喜欢的事是写剧本。这得益于他从小看了很多杂书，不管是刀光剑影的武侠小说，还是神奇怪异的鬼怪神话，又或者天马行空的异星球传说……只是他从来没有想过自己来写故事，因为他不是一个沉得住气的人，更没有办法安安静静地坐在那里写东西。

若不是被导演激了一番，他也不会明白他会这么喜欢做这件事。

他给母亲打电话，语气激动："妈，我决定了！"

"要回家了？"

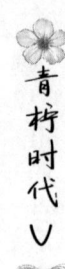

"我要当编剧!"

周媛一愣:"怎么会想做这个?"

"好玩呀!"

周媛在电话那边皱眉头:"这么大人了还只想着好玩,要我说正正经经找个工作或者考个公务员……"

"妈,毕业我不回去了,我要去北京!"

"是为了沈冬晴?"

裴雨阳的心抖了抖,"北京"两个字其实在他心里一直呼之欲出,只是那时他矛盾犹豫,他想要离她近一点儿,又怕自己离她太近——他怕那彻夜的思念会让他忍不住去打扰她。

也许他早就做了决定,只是现在更加坚定。

不仅仅是因为北京有沈冬晴,还因为他终于找到了自己奋斗的方向。

五

寂寞冷清的黎明,太阳从天际处挣扎着漏出一缕光,整个世界就像慵懒的庞然大物,在缓缓地苏醒过来。

毕夏起身揉了揉自己酸软的手腕,感到很深的沮丧。

她已经熬夜画了很多版本的设计图,可总是不满意。她想要设计烦琐奢华的风格,但出来的效果就像是把时下流行的元素堆在一起,不伦不类;她想要设计简约舒适的风格,又觉得设计的效果太随大溜,没有独特之处;她想用撞色设计,又觉得颜色突兀没有美感;想用异形轮廓服饰,又感觉奇怪不舒适……

她绞尽脑汁,冥思苦想,但做出来的效果连自己都不满意。

毕夏烦躁地把设计图揉成纸团,筋疲力尽。

门铃响的时候,她有些意外——这么早,会是谁?

"我看到你窗口的灯亮着,整晚没睡?"穿着亚麻西装,配着白衬衣和小脚裤的穆锡手撑着门框,侧着身子扮酷。

"对不起,靳雯雯已经搬走了。"

"我找你。"

"现在几点?"

"想见你的心可顾不得时间。"

"我很忙。"

"让我进来坐会儿，别太绝情了——"

毕夏挡住门口，冷着脸："穆先生，请回吧。"

"我喝了很多酒。"

"你好像每天都这样。"

"我好不容易开车到这里。"

"那又怎样？"

"如果你坚持赶我走，有可能我在路上会出意外……"

"我可以打电话帮你找代驾。"

"好吧，那我还是自己开车吧。"

他一边说一边故作一个趔趄，又回头看毕夏一眼，见后者冷若寒霜的脸，心里不断地祈祷：留我，留我呀！

"那个——"

穆锡立刻惊喜回头。

"你最好还是找个代驾。"

说完毕夏合上了门，穆锡的一颗心晃晃悠悠地跌进了泥坑里。从酒吧出来时，他的朋友们都带着新认识的女伴散去，而他突然觉得这日子真是无聊透了。夜夜笙歌，花天酒地，好像不这样就辜负了这大好的夜色。

坐在车里时他觉得胃一阵绞痛，伏在方向盘上好一会儿才缓了过来，没来由地想起了毕夏——那个安静不迎合他的女生，他想象着自己就静静地待在她身边，那会是怎样动人的感觉？

没想到他心心念念地跑来见毕夏，她却连门都不让他进，他干脆席地而躺，很快就困乏得睡着了。

毕夏的门铃再次被摁响时，她觉得自己要对穆锡更严厉点儿，否则他总是会来骚扰她。

没想到这次是邻居埃伦太太："你把你男朋友忘记了！"

毕夏朝地上一看，见着酣睡的穆锡心里一惊。

"他不是我男朋友。"

埃伦太太笑了："是吵架了吧，可让他睡过道这可不好！"

毕夏没法解释，邻居们应该都误会了，之前他可是这里的常客。

毕夏蹲下身推了推穆锡："你醒醒！"可后者纹丝不动，她只能捏住他的鼻子，让

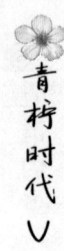

他被迫清醒过来。

"你想杀了我吗?"

"只能待在沙发上,一个小时。"

穆锡惊喜地跳起来,心里乐开花,面上却在抱怨:"我正在做梦呢,突然被大螃蟹的钳子夹住,吓得我快尿了!"

毕夏涨红了脸,瞪他一眼,后悔自己一时心软。

"我真得去尿了。"说着穆锡就钻进洗手间。

看着毕夏放在镜子旁的牙刷、杯子等洗漱用品,他竟然心生荡漾,不由得脑补出自己的牙刷也放在这里的情景。

等他察觉镜子里的自己露出花痴般的笑容时,突然意识到——糟了!他真的喜欢上这个普通的女孩,所以他整晚都心不在焉,再漂亮的女生和他搭讪,他都毫无兴致。

想想认识毕夏已经小半年了,他竟然没有约到过她一次!她根本就不是在玩欲擒故纵,而是对他完全不上心。不仅如此,看她那防御的样子,就知道她甚至是讨厌他的。

在这一刻他突然明白自己被驯服了,这种感觉令他既激动又懊恼。

等他探头去毕夏的房间时,看到她正专注地画着设计图。

她是素颜,头发松松垮垮地扎成丸子头,几缕发丝随意飘落,显得柔美静谧极了。

"毕夏。"他动情地喊。

她不由得抬起面孔。

他倾身上前,而她下意识地后退,警惕地盯住他。

"我爱你。"

毕夏一怔。

"是真的,我爱上你了。"

 第五章

人生若只如初见

Qingning Shidai V

一

沈冬晴正准备关电梯门的时候,看到邵伶伶朝这边疾走,连忙重新摁开电梯。

"谢谢!"邵伶伶冲进电梯,一抬头见是沈冬晴,随即沉了脸。

沈冬晴默默地退到电梯一角。

在逼仄的空间里两个人都觉得很不自在,好不容易等到电梯门"叮"的一声打开,邵伶伶迫不及待地跨了出去。

"您好,我是新来的实习记者邵伶伶。"邵伶伶走进编辑部,面带笑容地向大家做自我介绍,"早就在杂志上见过各位老师的大名。"邵伶伶竟然一一地喊出各位老师在杂志上的名字,一点儿差错都没有,引得众人一阵好感。

"以后还要向各位前辈老师学习,请你们不遗余力地指教我!"说着邵伶伶还鞠了一躬。大家都觉得这姑娘机灵、聪慧,很快就熟络了起来。

沈冬晴默默地坐在自己的格子间,从相机里导照片出来。

"沈冬晴,你也是北师大的呢,之前认识邵伶伶吗?"一旁的摄影记者崔文禄问。

沈冬晴不知如何回答,邵伶伶故作惊喜地走到她面前:"你也是北师大的呀,真巧!"

沈冬晴淡淡地笑了笑。

邵伶伶把手搭在她的肩膀上,亲热地说:"晚点儿你回学校吗?一起走。"

沈冬晴并没有告诉邵伶伶,她能来《行天下》杂志社是因为她拜托肖嘉言的缘故,她觉得邵伶伶自尊心那么强,告诉她了,她反而会更加讨厌自己。

她希望肖嘉言也不要说出真相,就告诉邵伶伶,杂志社现在有个实习记者的空缺,问她是否愿意接受这份工作。

邵伶伶虽然意外但也欣喜地接受了。她原本打算毕业后去杨平的城市,这也是他好不容易说服她的,但没想到离开前竟然接到《行天下》杂志社打来的电话,她当即就跟杨平说不会去和他会合了。

在北京待了四年,她舍不得离开这里,更舍不得放弃自己的梦想。

邵伶伶特别珍惜这份工作,即使没有采访任务,她也会来办公室,主动清洁打扫。她记得每个同事的口味喜好,给他们点餐买咖啡从来不会弄错,她也会在他们生日的时候送一份不贵重又不廉价的礼物,让大家对她的情商赞不绝口。

沈冬晴因为有课程,采访任务并不多,所以至今和同事们都不熟,倒是肖嘉言有次问沈冬晴说:"她真的是你好朋友吗?你们俩性格完全不同。"

"她比我能干。"

"论圆滑世故，她确实比你高几个段位。"

"她很用心。"

"这用心全用在旁门左道上了。"

"她工作很努力！"

"目的性太强……"肖嘉言撇撇嘴，"还是你这样单纯的妹子，看着舒服。"

沈冬晴瞪他一眼："别这样说邵伶伶，你根本不了解她！她是真的很喜欢这个工作！"

"我看是你不了解她吧！"

过了不久，沈冬晴和邵伶伶接到了同一个采访任务，为杂志的广告客户拍摄宣传照片。说是广告，但广告商要求看不出广告的痕迹，他们要的是一篇体验性质的推荐文。

"客户会投一整年的彩版广告。所以一定要拍出让他们满意的照片。"张主任对她俩说，"这个客户挺重要的，交给你们两个人去也是为了保险，到时候我们会在你们拍出来的照片里挑选一部分给客户，再由他们定夺最后用哪几张照片。"

"主任放心，保证完成任务！"邵伶伶笑着说，"我会全力以赴。"

沈冬晴没有吭声，默默地走出办公室。

"这是我们的第一次正式比赛。"邵伶伶突然转身说。

沈冬晴诧异地望向她。

"看看客户到底会选谁的照片。"

"我从来没有想过要和你竞争。"

"但我们已经在竞技赛场上了。"

"伶伶——"

"我从来没有把你当作过对手。"邵伶伶莞尔，"那是因为我从来不觉得你会赢！"

沈冬晴看着她的背影，心里一阵发凉。

沈冬晴和邵伶伶在周末一起乘坐杂志社安排的车前往酒店，同行的文字记者是肖嘉言。他看着沉默不语的两个人，笑了："今天我们可是要入住一晚五千元的奢华酒店，你们就不能表现出点儿雀跃和激动？"

"我最喜欢的还是文化东方酒店，你知道吗？那里的第一个客人是林青霞。"邵伶伶淡淡地说，"她住过的房间要提前三个月预订。"

肖嘉言不由得笑了："没想到你还是个富二代，那你还来杂志社工作——"

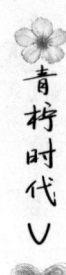

"我可以挥霍我爹妈的钱，却不能浪费我自己的梦想。"邵伶伶认真地说，"总有一天我会成为一名优秀的摄影记者。"

沈冬晴很羡慕邵伶伶，一个能把梦想理直气壮说出来的人，是幸福的。

而她呢？她只能小心翼翼地藏着掖着，怕说出来惹人笑话——原来不管是十六岁的沈冬晴，还是二十一岁的沈冬晴，都一样缺少自信。

肖嘉言认认真真地看了邵伶伶一眼，他第一次觉得沈冬晴说对了，邵伶伶很努力。

他们整个周末都待在酒店里，由酒店安排各种服务体验，沈冬晴和邵伶伶拍照，肖嘉言做文字采访。

工作的时候，肖嘉言觉得这两个女孩都挺拼的，为了选一个角度，不管是站高也好，趴低也罢，都是一丝不苟。特别是邵伶伶，想要体现泳池的干净卫生，竟然潜进水底，将池壁上的花纹也拍得清透极了。

坐在岸边的肖嘉言都怔住了："她有必要吗？一个广告而已。"

"她是太在乎这份工作了。"沈冬晴淡淡地回答。

第二天完成工作他们收拾行李准备离开时，沈冬晴发现自己放在桌上的单反相机进水开不了机了。

看着旁边倾倒的矿泉水瓶子，她再看一眼一旁的邵伶伶，默默地收起了单反。

邵伶伶一副若无其事的样子，她一点儿也不内疚，因为她真的很讨厌沈冬晴，特别是刚刚她翻看过她单反里的照片，发现她拍得美极了——她在沈冬晴面前竟然一点儿信心也没有了。在酒店门口时邵伶伶对肖嘉言说："你把邮箱给我，回头我先发几张照片给你。"

沈冬晴也对肖嘉言说："对不起，我相机坏了，拍的照片没有了。"

肖嘉言接过她的相机摆弄了几下："怎么这么粗心……好像真的开不了机呢，那我找人帮你修——"

"不用。"

"你认识人吗？到外面修只会漫天要价。"

"那多少钱你告诉我！"

"是我朋友，不用钱！"肖嘉言笑了，"帮你省了一笔银子，就请我吃饭吧。"

"沈冬晴，你们关系可真好！"邵伶伶促狭地笑，"你男朋友知道会吃醋吧？"

"啊，男朋友？"肖嘉言一惊，他从来没有听沈冬晴提起过，一起出差时也没见她接过电话，哪里像是有男朋友的样子。

"她男朋友很帅呢！"邵伶伶不动声色地说，"上次因为她被骚扰，她男朋友到学校跟对方打了一架！"

"是吗？"肖嘉言的心失望极了。

他不死心地追问一句："你真有男朋友了？"

沈冬晴看着他紧张的眼神，轻轻地点了点头。

肖嘉言觉得备受打击，整个人情绪都不好了。他甚至没有和她们坐同一辆车回去，一个人找了个借口留了下来。

他的慌乱无措另外两个女孩都感受到了，沈冬晴觉得歉疚，但也如释重负。

她能感到肖嘉言对她特别关注，她疏远冷淡，就是不希望他误会，她更怕他会说出来，一个办公室的同事，她若拒绝他了，以后见着都会尴尬。

邵伶伶望着肖嘉言的背影说："沈冬晴，我知道你不喜欢他，所以我追他，你别再横插进来！"

沈冬晴不由得错愕地问："杨平呢？"

"分手了。"

"你们——"你们不是那么要好吗？她还记得邵伶伶在每一个假期义无反顾奔向南方城市与男友相聚的情景，他们不仅有着浓烈的感情，还有共同的爱好。

"肖嘉言是社长的儿子。"

"伶伶，你根本不需要——"

"我让他知道我家里很有钱，就是为了让他相信我根本不图他的家境。"

"那——"

"我只希望留下来。"

"一份工作而已。"

"现在的我，变得这样不择手段，都只是为了赢你！"

邵伶伶狠狠地盯着她，然后唇边露出戏谑的微笑："你根本就不是我的对手！"

二

毕夏比预期更晚交出Lucy定制的礼服，时间已经是六月了。

因为全手工缝制，她十个手指头都被针扎肿了，感觉视力也变差了些。

靳雯雯消失一段时间后，又突然来找她，拉着她一起去看画展，她说灵感枯竭的时候需要有些东西刺激，看画展和逛博物馆都是不错的选择。

"其实不是我自己想来找你。"靳雯雯笑了，"是有人拜托我带你出去走走。"

毕夏知道是谁。

"他跟我说他这次是认真的……"靳雯雯耸耸肩膀，无所谓地说，"谁知道他的认真会持续多久？反正他给我好处，让我来找你，我就来了！"

毕夏对靳雯雯的坦率哭笑不得。

"其实他不给我好处，我也想联系你来着！"她自顾自地解释，"又怕你瞧不起我这种人。"

"怎么会？"

"真的，当初我也和你一样清高自傲，但你瞧我现在……我自己都看不起我自己了。"

毕夏不知如何安慰她，但靳雯雯看上去也不需要安慰。

她洒脱地笑了笑，晃了晃手指上戴着的硕大钻戒："这老外对我挺不错的，没准就嫁给他了。"

"那你打算回国吗？"

"不想，在这里都习惯了。"

毕夏倒是很想回家。但暑假时还有米兰男装周要准备，Kleine有一个系列要参加，整个工作室的人都在为男装周做准备。

"你以后成为有名的设计师了，能让我做你的模特吗？"

"当然！"

"我觉得你行！"靳雯雯说，"不喜欢穆锡就不用理会他，那家伙谁也拴不住，对他掏心掏肺只会被轻贱！要我说你就利用他的资源，好好做你的设计，争取成为米兰有名的设计师。"

毕夏苦涩地笑了。

别说成为有名的设计师了，她现在连一款像样的礼服都设计不出来，每天晚上伏案工作，天亮的时候发现一整晚都徒劳无功。

后来她从靳雯雯带她去参观的一场画展里获得了灵感。那幅画是一个旧时歌姬，她身披翠绿色薄纱，穿着透迤拖地的绿草百褶裙，显得妩媚无骨，入艳三分。

她就设计了一款礼服，以复古元素结合流行时尚，再用最轻薄的乔其纱缝制，整件礼服看起来不仅仙气逼人，而且穿起来非常舒适。毕夏还找了一把精致的油纸伞搭配。

Lucy看到的时候也特别满意："这就是我想要的中国风的礼服！"

毕夏松了一口气，忙碌了几个月，她总算完成了一件自己满意的作品了。

Lucy说要请毕夏参加她的聚会："你实在太有才华了，我得把你介绍给我的朋友们。"

毕夏应允下来。

当她去问Amy是否愿意陪她一同出席时，Amy简直欣喜若狂。

"我从来没有机会结识明星！"Amy兴奋地说，"在这里工作两年了，别说私人定制了，个人秀都没有一次机会！"

"你很快就会梦想成真！"

"事实上我打算离开Kleine了。"Amy压低声音，"他从来不会给别人机会，是一个自私专横的老板，我已经受够他了！"

"那你打算？"

"也许我能在这个聚会里碰碰运气。"

"祝你好运。"

毕夏和Amy一同抵达Lucy的别墅时，门口已经停了不少豪车。

毕夏看着Amy，今天的她跟在工作室里见到的她完全不一样，摘掉眼镜，披着长发，穿着紧身抹胸裙，胸前的纽扣扣得紧紧的，显得热辣妖娆。

而毕夏只着衬衣长裙，一条流苏的腰带，显得既庄重又优雅。

穆锡笑着迎向她，然后贴近她的耳边低声说："你真美。"

毕夏刚想警告他，一抬眼看到面前一个妩媚的女人，她正用沸腾着杀气的眼神把她从头到脚打量了一遍，最后目光落在她的腰上——那里放着穆锡的手。

毕夏下意识地推开了穆锡。

"我来给你介绍。"穆锡不由分说地牵住她的手，与挡在面前的女人擦身而过。

Amy都觉得尴尬了，假装没有看到，小碎步跟在毕夏的身后。

毕夏想要挣开穆锡的手，后者却握得更紧了，侧身过来，在她耳边魅惑般地说："今天你是我的女伴，一步也不许离开我的身边。"

"你松开。"

"偏不！"

"穆锡！"

"终于不是穆先生了——"

"如果你再这样，我现在就离开。"

"你就不能对我温柔一点儿？"穆锡可怜兮兮地望着她，"我说爱你是真的。"

毕夏质问："难道我就不能拒绝吗？"

"嫁给我！"

毕夏蒙了。

很快她意识到穆锡没有开玩笑，音乐已经变成了欢快的结婚进行曲，穆锡半跪下去，举着一枚戒指深情款款地说："这份诚意你满意吗？"

周围的人都聚拢过来，Amy在旁边激动地冲她点头，毕夏觉得这一切都荒诞极了。

"你快起来！"

"快答应我！"穆锡的笑容已经变成哀求。

毕夏涨红了脸，她并不想让穆锡当众难堪，但她只能匆忙对他说一句"对不起"，然后夺路而逃。

穆锡尴尬地站起身，冲着众人笑了笑："看来我还得努力！"

他追出去，在马路上拦住毕夏。

"你的玩笑太过分了！"毕夏皱眉，"我跟你之间什么关系都没有！"

"你的拒绝让我很伤心。"

刚才在门口挡住毕夏的女子这时候突然出现，冲穆锡咆哮道："见鬼，你该不会真的打算结婚？"

"我们晚点儿再谈，丽莎，你能先走开吗？"

"Lucy说你拜托她找个中国妞定制礼服，就是她？"丽莎尖锐地喊道，"那件衣服她觉得丑死了，我让她送给我了——"

"丽莎，你闭嘴！"

"你才闭嘴！"丽莎愤怒地朝穆锡踢了一脚，"之前你说会娶我的！"

毕夏在他们谈话时已经走远了，她的愧疚感因丽莎的话荡然无存。果然是穆锡拜托Lucy来找她定制礼服，她以为只要她做出满意的服装就好，但这一切都是穆锡安排的局。

这个自以为是的家伙要给她制造多少麻烦？

那天晚上穆锡一直在毕夏门口按门铃，她和黎允儿视频的时候，她也听见了。

毕夏不胜其烦，干脆拨打了报警电话，说被人骚扰。警察很快上门，将穆锡带走。

"他向你求婚，你竟然叫警察？"黎允儿笑得前俯后仰，"这家伙也太悲摧了！"

"为了他那件定制礼服，我忙了三个月！"

"可是这三个月你也学到不少的东西。"

"这家伙就是处处和我作对。"

"他只是好心，但每次都不得要领——不过你真的很讨厌他吗？"

"当然，他太轻浮了，估计向一百个人求过婚。"

"那可是浪漫的欧洲呀——"

毕夏苦涩一笑。她的内心早已经荒芜一片，对感情没有任何幻想。是楚君尧教会她，所有的美好都如同梦幻一般，会在某一刻轰然倒塌，那些四处飞散的记忆都会变成一枚又一枚的匕首，在她心里凿出伤口来。

　　看到陆怀箫的头像在QQ上点亮的时候，她的心微微一暖。

　　只有他，也只有他，让她觉得温暖和信任了。只是她不想再去触碰感情，所以对陆怀箫总是有些回避，而他像是懂她的想法，并不频繁地和她联系，偶尔问候闲聊几句，分寸拿捏得十分得当。

　　陆怀箫已经毕业了。他选择回家乡，因为他还要照顾父母和哥哥。

　　他工作签好的时候，毕夏在网上查了下那家公司，是世界五百强企业，各方面都不错。

　　毕夏觉得这样挺好，她和陆怀箫之间，没有承诺，没有暧昧，不近不远的关系，各自安好。

三

　　楚君尧接到罗总的电话时，他正在图书馆看书，握着手机走出图书馆，一回头看到米荔跑到他书桌前坐下。

　　他已经拿米荔完全没辙了。

　　她根本不介意他的疏远冷淡，每次都打着找何遇的旗号来跟他搭讪，参加法援社的活动时，也无法避免地会和米荔有来往。

　　米荔依然阳光灿烂地出现在他面前，时间久了，他也做不到太决绝，慢慢地对她的态度又好了些，心里十分为难。

　　"我已经支付了你二十万元！"罗总在电话那边气咻咻地说，"可你竟然又把它卖给别人！这实在是太过分了！楚君尧，等着接法院的传票吧！"

　　楚君尧一怔，没等他问清楚，罗总已经挂了电话。

　　楚君尧不解只得去问何遇，而对方也是一头雾水："又卖给谁了？我怎么会做这种没操守的事，八成是误会。"

　　楚君尧只得又给罗总打电话，在他愤怒的控诉里，他们终于明白了。罗总拿到这个软件并没有投入使用，而是想找到出价更高的公司转手卖出去。他相信自己的眼光，这个软件的价值不只值二十万元。等他跟一家公司谈得差不多的时候，对方告诉他，又有人拿着这个软件来找他们谈，而且报价比他低。

　　所以罗总很生气，拿着当初他们签订的保密协议要去法院起诉楚君尧，要求赔偿。

楚君尧和何遇面面相觑，他们想不出哪个环节出了问题。

"怎么可能泄密？除了你知，就是我知……"何遇停顿一下，"对，还有米荔知道。"

"她没有参与编程，对核心部分完全不知。"

"会不会是她因爱生恨？"何遇揣测道，"你对她那么冷淡，所以她报复你！"

楚君尧摇头，笃定地说："这不是米荔的性格。"

"还是问问她吧……"

何遇给米荔打电话，她听了也备感意外，说自己不会做这种事。

等宿舍快熄灯的时候，米荔突然闯进男生宿舍，她泪眼汪汪地望着他们："对不起，我想真的是我害了楚君尧。"

何遇倒吸一口凉气，愤懑地嚷起来："你怎么可以这样？你知不知道楚君尧不仅会赔一大笔钱，还有可能坐牢！"

"我去！"米荔的眼泪更加汹涌了，"要坐牢我去替他坐！"

"坐个头啊！"何遇忍不住飙出脏话，"这种事能代替吗？"

"到底怎么回事？"楚君尧冷静地问米荔，"别哭了——怪丑的。"

米荔抽抽搭搭地吸吸鼻翼，然后一五一十地告诉他们。之前她在学校论坛上发了楚君尧研发的软件卖出二十万元的消息，有人不服，说她炒作。她跟对方开撕，晒出了一部分合同，但对方在论坛上叫嚣那是伪造的。

他说他也是计算机系的，他说要看一个软件是否值钱是根据软件复杂度来评估的，只要给他一部分数据，他就能推算出编程员的代码量了。

"所以你就傻乎乎地将源码给了他？"何遇的怒吼让米荔哆嗦了一下。

她怯怯地点了点头。

"你说你怎么这么蠢？"何遇戳着她的额头，"现在好了，惹来了麻烦。"

"我就是见不得别人说楚君尧不好——"米荔咬了咬唇，"对不起，这件事因我而起，我一定会找到这个人！"

"他应该已经在论坛上注销了。"楚君尧宽慰道，"也许事情没有想的那么严重，我会再跟罗总交涉，看有什么补救的方法。"

虽然楚君尧面上表现得淡然，但心里也是一团乱麻，这件事能怪米荔吗？责备她已没有任何意义，她也只是被人利用罢了。但即便知道这个拿走软件的人是他们学院的同学，也很难查出来。

夜深人静，他辗转反侧，难以入睡。

第二天，米荔在学校论坛火了。

她将楚君尧软件被盗取的事写出来，然后悬赏三万块请求知情人告知线索。

那个问她要代码源的人，她只记得他叫"残羽"，一查果然已经在论坛里注销。她去找后台管理员，希望他能帮忙。但后台管理员说学校论坛升级，之前的数据都被覆盖，已经没有办法找到那个注销的账号了。

米荔快绝望了，她只好想出悬赏这个办法，希望能揪出"残羽"，来弥补自己犯下的错。

悬赏发出去后，短消息蜂拥而至，全是各种疑似"残羽"的线索，米荔也不知如何判断，只能加了他们的号一一地核实，她发现很多都是在胡乱揣测，甚至有人还怀疑到系主任身上，真是让米荔又急又恼。

有人约米荔见面，等见着了才知道他是找借口想追米荔，米荔回头就把他拉黑，心里越发地焦灼——她觉得自己再没脸见楚君尧了。

楚君尧在女生宿舍楼下见着米荔的时候，她已经熬了几个通宵，顶着两只熊猫眼，奄奄一息的样子，见到楚君尧羞愧地低下了头。

"你同学说你不吃不喝就守着电脑？"楚君尧轻声地问。

"我……"米荔嗫嚅道，"我真是恨死自己了。"

楚君尧见着她这样子，不由得动容。

他不是一块石头——两年来米荔怎么对他，他心里清楚。有时候想起她做出的那些可笑的事，也会不由得笑起来。这个女孩捧着火热的一份感情，带给他的不仅仅是麻烦。

"别着急，我已经跟罗总谈过了，他会暂缓起诉，给我们一个取证的时间。"楚君尧安慰米荔说。

"但是……"米荔"哇"的一声哭出声来，"我找不到那个人！"

"会找到他的。"

楚君尧抬手拍拍她的后背，米荔哭着伏在他的肩膀上，他们这个样子很容易令人误会，但楚君尧不忍推开这么难过的米荔。

"楚君尧，你打我吧！"

米荔抓住他的手朝自己脸拍过去，楚君尧抬手之间一把将她揽进怀里："米荔，你别这样。"

米荔在他的怀里，让他有一种奇异的感觉，不尴尬不别扭，反而充满了怜惜。

他像哄孩子一样轻拍着她的背，安慰道："别为我的事操心了，你好好吃饭，好好睡觉。"

直到米荔顺从地点头，他才放下心来。

但米荔还是出事了，她半夜想要溜进学校机房，打算一台台地查阅电脑，看是否有"残羽"登录过的痕迹，没想到抱着管道朝二楼机房爬的时候摔了下来，摔伤了尾椎骨。

等楚君尧和何遇得到消息赶到校医室的时候，大老远就听到米荔的惨叫声。

米荔抱着枕头侧躺着，一动就疼得直叫唤，室友苏笑也是无可奈何："伤筋动骨一百天，你就消停地好好躺着吧！"

一见到楚君尧，米荔赶紧把枕头盖在脸上，羞愧地说："太难看了，你们都请回吧！"

"说你蠢，你还蠢出新境界了！"何遇忍不住笑了，"幸好只是二楼，要是再高点儿，我看你下半辈子就躺床上了！"

"我没事，一点儿事也没有……"说着米荔又疼得闷哼了一声，"苏笑，谁让你通知他们的？"

"你为他受伤，他能不来吗？"苏笑把枕头往下面拉，"好啦，你刚才对着我吼天吼地，现在他一来你就变淑女了？"

"苏笑——"米荔被她扒开了枕头，一张脸羞愧得通红，想要坐起来，可一坐就疼得倒吸凉气，只能眼泪汪汪地趴在床上。

"严重吗？"楚君尧问。

"特别严重！"苏笑夸张地说，"刚才拍了片子，尾椎骨裂，要是伤到神经，就真的半身不遂了。"

说着苏笑和何遇交换一个眼神，两个人识趣地找了借口离开了病房。

"楚君尧，你别生气！也别觉得我是因为你……"米荔慌乱地解释，"我给你惹了这么大一个麻烦，你不仅不怪我，还安慰我……"

米荔的眼泪又"哗啦"地落下来。

"机房里上百台电脑，你能查到什么线索？"楚君尧叹口气，"何况他不一定会去机房。"

"总要试试。"米荔巴巴地说，"一个晚上不行，我就两个晚上……"

这一次楚君尧抬起手来，轻轻地拍拍她的头："你好好养病，这件事我自己会处理。"

他的举动让米荔的心怦怦狂跳，她突然抓住他的手，露出惨淡的笑容，将脸埋进去——他的掌心温暖干燥，而她的脸却像发烧一般滚烫起来。

这一次楚君尧没有抽出自己的手，他不由得笑了："你的样子真像只小狗。"

"楚君尧。"

"什么？"

她的语气竟微酸，小声地说："把你手借给我三分钟……不，一分钟可以吗？"

楚君尧迟疑一下，他想要拒绝，但终究还是不忍心，默默地由着她紧紧握着他的手。他的心中生出一些异样的感觉——也许习惯了她大大咧咧的笑容，当她流露出脆弱，他感到怜惜。

四

拿到新的一期《行天下》杂志时，沈冬晴愣住了。她明明没有将照片交上去，但最后出来的稿件里，却大部分用的都是她拍摄的照片。

下午要到杂志社去交新图片，刚走到楼下时，看到邵伶伶从肖嘉言的车里出来，她刻意打扮过，一套黑色紧身小皮衣皮裤，既火辣又帅气，她把墨镜往头顶上一推，望着沈冬晴亲热地一笑："早知我约你一起了……"

在目送肖嘉言的车往停车场方向开去的时候，邵伶伶的笑容就像雾气般散去。她走到沈冬晴面前，冷冷地说："我最讨厌你了！"

沈冬晴垂了垂眼。

"你以为照片拍得好就可以留下来吗？我跟你的比赛还没结束呢！"

"一份工作对你来说就这么重要？"沈冬晴实在是不能理解。邵伶伶的家境可以让她做任何她想要做的事，根本没有必要为了留下来讨好其他人，更用不着放弃自己的感情，而对肖嘉言示好。

"不，我已经觉得这个工作不重要了，但是这场战争很有趣！"

邵伶伶突然又换上一张笑脸，亲热地挽住沈冬晴的手臂。

"你们两个还真是要好，能在一起工作，感情会更好吧？"

肖嘉言笑着走过来，目光全停留在沈冬晴的脸上，这让邵伶伶更加嫉妒。和杨平分手的时候她态度很坚决，但她还是忍不住大哭了一场。她知道自从她决定留在北京后，她和杨平就已经看不到未来了。和杨平在一起的日子很疯狂，他们经常想到去哪里拍照说走就走，但时间久了她会觉得他的视野太局限了，心中也没有大智慧，他虽然很喜欢拍照，但从他的照片中能看出来，他的灵气和资质都很一般——喜欢一个人，却对他本

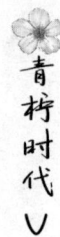

身失望,所以她不想再继续浪费时间了。

她自己都没有意识到她太要强了,从小就受尽宠爱优待,没有料到她如此精心准备的第一份工作会被拒绝,这种打击对她来说简直是当头一棒,充满了愤怒委屈,还有不服。而那个赢她的人还是曾经一直受她"恩惠"的沈冬晴,她更加难以接受。

在接到《行天下》杂志社人事部打来通知她上班的电话时,她就决定要扳回一局。她根本不知道是因为沈冬晴的缘故她才能来杂志社,真的相信是因为需要一个实习记者才找到她。邵伶伶也看出了肖嘉言对沈冬晴存有好感,她不明白沈冬晴哪里好,她见过楚君尧,也见过裴雨阳,他们都是英气逼人的男生,在他们面前,沈冬晴显得那样普通——难道就因为她身世可怜,所以喜欢上她的男生不过是想要展现自己的骑士精神?

"沈冬晴,你还没谢谢我替你修好相机。"肖嘉言只顾跟沈冬晴说话,完全没有注意到邵伶伶眼里的怨恨。

"谢谢。"

"只是这样?"肖嘉言笑,"请我吃饭吧。"

"我也要一起!"邵伶伶不动声色地走到两个人中间,"冬晴,我们也很久没有聚过了呢。"

"那就今天吧。"

邵伶伶和肖嘉言讨论起晚上的活动,商量着吃过饭以后去看场电影,只是等到肖嘉言一走开,邵伶伶就对沈冬晴说:"你是不会去的吧?"

"你到底想干什么?"沈冬晴皱眉,"广告照片我没有交,你知道我的相机坏了——"

"我当然知道是肖嘉言替你交的,可是他凭什么总是帮你?你又不喜欢他!"

"你呢?你喜欢他?"

邵伶伶怔了一下,她没有见过沈冬晴声色俱厉的样子,玩世不恭地笑了:"他是社长的儿子,我凭什么不喜欢他?"

沈冬晴失望极了。她一直觉得邵伶伶仗义大气,她帮了自己很多,所以她才会一直忍耐她的咄咄逼人,但现在看着她为了一份工作不择手段地利用别人时,她觉得她再也不想理会她了。她们之间从此就是陌路,她也不会再配合她上演"好朋友"的戏码。

那个晚上她没有赴约,邵伶伶一个人出现的时候,肖嘉言失望透了。

"沈冬晴的男友……"他和邵伶伶坐在韩式料理店,意兴阑珊地吃烤肉时,故作不经意地问。

"非常帅,念的上海戏剧学院,听说已经出演了好几部热播剧。"邵伶伶之前也就是听薛珊提到过，现在有些添油加醋地讲起，"他们俩是老乡，高中时就在一起了，这么多年的感情也实在难得。"

肖嘉言心中百味杂陈，讥诮地说："影视圈多复杂，就沈冬晴那性格能看得住？"

"应该是她男友更紧张她吧，之前到学校闹过几次。"

"为什么？"

"哎呀，没什么啦。"邵伶伶故作失言的样子。

"说清楚。"

"就是……好像劈腿吧，跟别的男生拉拉扯扯的时候被男友撞见，两个人打了一架。"邵伶伶轻拍自己的嘴，"自责"地说，"她是我好朋友，我不该这么说她的……"

肖嘉言心里"咯噔"一下，他真没有想过沈冬晴的感情这么复杂，对她的那份好感更觉得可笑了。仔细想想，她之前说自己"灾星"之类的话就是手段，激起他的好奇心和保护欲，原来这个女孩看着单纯，实则心机太重了。

邵伶伶看肖嘉言阴晴不定的表情，知道她说的话在他心里扎了根，心里冷笑，面上却说："不管冬晴怎样，但我当她是朋友，之前她家里打官司需要赔偿一大笔钱，我也给她了。唉，说起她也确实可怜，因为官司的事她爸自杀，她妈也突然离世，所以她才会变得没有安全感，对感情……"

"好了，别说她了！"肖嘉言烦躁地打断她，他在心里嘲笑自己，差一点儿就对沈冬晴用情了。

邵伶伶讪讪收声，把烤好的肉包上生菜叶子放到肖嘉言的碗里，整个晚上她竭尽温柔，却并没有着急表白。

她知道像肖嘉言这样的男生，越主动反而越吃亏，他喜欢沈冬晴不就因为她那股子冷傲吗？但同样的方式，如果她来做，肖嘉言一定不会理会她，她就这样耐着性子守在他身边，他总会注意到她的。

夜里邵伶伶看着手机里杨平的联系方式时，默默地删掉了。

即使她依然喜欢着杨平，但这也阻止不了她想要征服另一个男生的决心。

五

沈冬晴在回学校的公交车上收到裴雨阳发来的电子邮件，她打开来，看着他穿着学士服气宇轩昂的样子，微微地笑了。

他总算是毕业了。

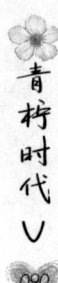

这四年来她心里一直隐约担心,就他那么散漫的性子能静下心来学习简直就是奇迹。

她长久地注视着这张照片,心里涌起的全是思念。

她已经很久没有见到裴雨阳了,隐忍着不和他联系原来是让人精疲力竭的一件事,她都快坚持不下去了。总是一个失神,裴雨阳就仿佛笑着站在她面前,让她的心怦怦跳起来。

窗外是淅淅沥沥的小雨,给这初夏带来一丝凉意,她抬起手轻轻抚摸手机里裴雨阳的脸,然后举起手机把它揽进怀里。这个世界唯一让她牵挂的人,也就是裴雨阳了。

她一直对自己说,沈冬晴你要坚强,因为爸爸妈妈希望你好好地活着。

可是这种孑然一身的孤独感依然将她笼罩在悲伤里。她没有家,没有父母,也没有裴雨阳可以陪着她。

直到下车走进雨里,她才感觉眼眶里汹涌而出的眼泪。

一件外套突然从天而降,把她从头顶盖住,然后她被狠狠地拉进一个温暖的怀抱里。

这一次,沈冬晴哭得更厉害了。

面前的人不是裴雨阳又会是谁?她刚刚收到他的照片,还陷在思念里,他就突然出现,让她惊喜得难以置信,沈冬晴只是紧紧地揽住他,好像一松手他就会消失。

"你现在越来越主动了。"裴雨阳戏谑地说。

因为要拍毕业合影,他向剧组请假回上海,没想到父母也到上海来了,他们欣慰地庆祝他毕业,比他还要激动开心。末了母亲说:"那时候一直担心你不务正业,没想到,考上了大学,且顺利毕业,这一切也多亏了那孩子。"

他们谁都没有提沈冬晴的名字,但裴雨阳觉得自己想见她的心发了狂,把父母扔在学校,自己就跑到了火车站。母亲知道他要去哪里,挥挥手放任道:"想做什么就去吧。"

他在路上跟薛珊联系,让她打探沈冬晴几点回学校,他就是要突然出现在她面前。

"要不换个地方抱?"裴雨阳戏谑地说,"我都快感冒了。"

沈冬晴这才发现自己抱着裴雨阳,裴雨阳抬手用衣服给她挡雨,而他就整个人淋在雨中,她面色一红,羞涩地松开了他。

"你怎么来了?"

"我感受到你对我的滔滔思念之情……"

"认真点儿!"

"我一向对你认真。"

"之前不是……"

"之前不是对我那么绝情？"

"哪有？"

"哪有！明明我受伤了，你还把我丢下！"

"谁叫你去找别人打架！"

"他们那么多人，谁打谁呀？"

"那你还去惹是生非！"

"我就见不得他们欺负你！"

"没有！"

裴雨阳侧过身，认真地说："我们和好吧。"

沈冬晴垂了垂眼："我觉得我自己是个不祥的人……"

"我是个命硬的人！"裴雨阳知道她害怕什么，笃定地说，"你看我现在这么健康，其实我生下来才三斤多，八个月的早产儿，医生都觉得很难救活，但我后来还不是长得比同龄人还高大威猛！"

"可是我怕——"

"我也怕，我怕再见不到你！更怕你属于别人！"裴雨阳拿出属于沈冬晴的那条手机链，深情地说，"你上次问我'我们可以重新开始吗'，我知道回答得有点儿晚，但其实我心里一直都有答案的，那就是，当然、必须、一定！"

沈冬晴的眼泪滑落下来，她看着那条失而复得的手机链，轻轻地握在手里——他们绕了太远的距离，现在她一点儿也不想浪费时间来等待和揣测了。

"替我挂上它吧。"

裴雨阳欣喜若狂，往她手机上挂链子的时候手微微地颤抖。在这个时候裴雨阳的手机响了起来，他看了一眼不由分说地挂断，但手机又固执地响了起来。

他心情烦躁，眉头紧锁，迟疑地接了起来。是杨美清的母亲打来的电话，说杨美清在屋外吹风，不肯回房间，他们都急坏了，请他来劝劝她。

裴雨阳沉默不语。他在来北京的路上接到杨美清的电话，她问他什么时候从剧组回来。他直接告诉她，他在北京。

"你去找沈冬晴？"

"是。"

"可是你明明答应我——"

"我知道是因为我没有救你……但我并没有责任一定要救你！"

"裴雨阳，你怎么可以这样？"

"对不起。"

"我是因为你才变成现在这个样子！"杨美清歇斯底里地喊，"你不能丢下我不管！"

"你明知道我喜欢的人是谁，这样有意思吗？"

"就算我得不到，也不能让沈冬晴得到！"

"杨美清，"裴雨阳深深地说，"没有救你我很遗憾，但我不后悔。"

他挂上电话，将杨美清的号码设置成拒绝接听。他再也不想去见她了，就算他变成一个十恶不赦的人。他也不后悔自己的决定。此刻的他只想要和沈冬晴在一起，谁也拦不住。

杨美清的母亲在电话里苦苦哀求他快点儿回上海，她说再这样下去杨美清会死的。

"你去吧。"沈冬晴握住他的手，"如果她真的出事，你也不会原谅自己。"

"可是——"

沈冬晴知道他担心什么，坚定地望着她："我已经下定决心了，裴雨阳，我想和你在一起。"

裴雨阳暖暖地笑了："认识你到现在，就这句话最好听。"

"以后你想要听什么，我都说。"

"这么听话，我会不适应。"他说着抬手捏捏她的脸，依依不舍，"我们才和好——"

"那我和你一起去吧。"

"真的？"裴雨阳惊喜地喊出声。

沈冬晴点点头，她现在也不想跟裴雨阳分开。

 第六章

故友重逢

一

楚君尧接到交换生通知的时候，心里竟然有些说不清的失望。他都快忘记他之前交过这样一份申请表了。

米荔因为受伤，在医院里住了一个星期，有天他去医院里看她的时候，正听到她在跟主治医生软磨硬泡："我不要出院，绝对不要！"

"你已经生龙活虎了！"

"可我觉得自己还很虚弱——"说着米荔就扶着额头做要昏倒的样子，"刘医生你若放我出去，要是我有个三长两短，你职业生涯就完蛋了！"

刘医生慢悠悠瞟她一眼："我很负责任地通知你，你可以出院了。"

米荔缠在刘医生身后还在声辩，一旁的护士都笑了，见着楚君尧努嘴："你女朋友可真有趣。"

楚君尧尴尬地笑笑，没有解释。

他知道米荔为什么不肯出院，内心感动也无奈。

有时候她看着米荔趴在病床上，上下摆动着腿，噘着嘴在那里绘声绘色地玩"小咖秀"（一款模仿秀软件）的样子让他忍俊不禁，她跟毕夏不同，跟沈冬晴更不同，她没有毕夏的冷静沉稳，也没有沈冬晴的安静隐忍。这样想的时候连楚君尧都错愕了——他怎么会将她与她们俩比较呢？

米荔出院以后消失了三天，她在机场的时候打电话给室友苏笑让她帮忙请病假。苏笑也是听到手机里传来机场广播的声音才知道她在机场。

"你去哪儿？"

"不能说。"

"马上要期末考试了，你想挂科吗？"

"我有比考试更重要的事。"

苏笑始终问不出原因来，揣测应该跟楚君尧有关，想了想还是给他打了电话。等楚君尧再给米荔打电话的时候已经关机了。后来的三天她的手机一直关机，即使楚君尧发短信过去也是无人回应。他重新登录"楚霸王"的游戏账号，留言给"火枪手"，可是网络里的"火枪手"也一直显示不在线。他的心突然变得焦灼起来，就连何遇也察觉了。

"别说你魂不守舍的样子是为了米荔。"何遇整个晚上都在观察楚君尧——他虽然在电脑前写着论文，但手机就放在旁边，任何消息铃声出来他都条件反射般捞起手机查看，眼里的紧张和失望那么明显。

楚君尧怔了一下："你说她到底去哪里了？"

"会不会回美国了？"

"怎么可能？"

何遇耸耸肩膀："也许家里突然出了什么事，或者她遇到了什么麻烦？"

楚君尧好一会儿都没有说话，他的脑海中出现各种不好的画面，感到每一个毛孔都胆寒发凉。是从什么时候开始他这样紧张米荔的呢？好像寒假她出现在他家时他还是各种嫌弃，现在他的脑海里却会常常出现米荔。

"你说——"何遇压低声音，"她那么傻，会不会被骗进传销组织里了？"

楚君尧皱眉，何遇又继续补充："最近因为你的事她已经走火入魔了……喂，你去哪儿？"

楚君尧已经听不到何遇的声音了，他朝女生宿舍走去，想要问问苏笑那天在电话里米荔到底还说了什么，如果她真的遇到危险，他决定立刻去报警。无缘无故地消失完全不是米荔的风格，她也不是那种没轻没重的人，连期末考试也不参加了。

可是不管他怎么问苏笑，苏笑也只是说不清楚，只说米荔最近整天想的是怎么找到"残羽"，提供线索的人很多，她给了很多冤枉的"线索费"出去。之前楚君尧分给她和何遇的钱，他俩想着要注册个公司所以一直没动。

楚君尧的心就像被小火炖着，焦急万分。

他知道米荔对他有多认真，这份感情也曾让他觉得是负担，觉得她太过张扬了，但现在想来，当她把她火热的感情捧到他面前时，就毫无余地地给了他伤害她的机会。她大大咧咧的笑容里，又藏着多少隐忍和委屈呢？

他想起很多事来，想起她以为他落水时不顾一切跳进水里的样子；想起他拒绝她表白，她跟跄摔在地上的样子；想起她坐在他的单车后小心翼翼揽住他的样子……这两年她如一种"病毒"潜入他的心中，察觉时已经来不及阻止。

期末考试结束后楚君尧接到了罗总的电话，说事情已经解决了，他们的合作继续。

楚君尧怔了片刻。若说不担心那是假的，虽然他一直坚信事情总会有水落石出的一日，但软件泄密出去毕竟是因为他们。

"你那个女朋友真是有办法。"罗总在电话那边大笑起来，然后将事情的经过讲了一遍。原来米荔问到罗总想要合作的公司在广州后，立刻就飞到广州去了。她觉得由自己查出"残羽"很难，而那家名为"恒洋"的公司一定会有"残羽"的联系方式。她蹲守在那家公司，见到负责人后希望他们能放弃和"残羽"的合作，并且把"残羽"的联系方式告诉她。对方则说商场如战场，谁的报价低肯定就和谁合作，他们已经准备签

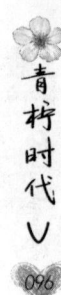

约,并且严词拒绝了米荔。

米荔再去就吃了闭门羹,她干脆就坐在他们公司门口,一见到客户上门就说这家公司如何不守信用,如何压着款项不给……虽然是胡编乱造的话,但有些客户心里还是犯了嘀咕。他们让保安把米荔轰走,她就找来当地电视台的记者……米荔不仅用了死缠烂打的方法,还用了她在"法援社"学到的一些法律条款,有理有据地去说服对方的总经理。本来也不是一个很大的项目,他们也不愿为了省钱在日后惹出太多麻烦,若罗总真要和楚君尧打官司,那日后肯定也得牵涉他们公司。综合利弊,他们决定不和"残羽"合作,还是按照之前的协议和罗总签订了协议,并且将这个软件申请了专利保护。虽然到最后米荔还是不知道"残羽"是谁,但他也没有办法再卖此软件了,否则他就是侵权。

事情的峰回路转,全因为米荔的不懈努力,楚君尧能想到米荔为他付出了多少——内心的感动就像一滴墨,悄悄漾开了。

楚君尧挂上电话正准备去找米荔的时候,宿舍的门突然被"砰"的一声推开,米荔仿若从天而降,吼了一嗓子:"我回来了!"她穿着一件T恤,膝盖破洞的牛仔裤,脏兮兮的球鞋,斜挎着一个松松垮垮的帆布包,顶着一头凌乱的短发,整个人看上去很是邋遢,但她的笑容依然灿烂明媚,此时此刻更显得光彩照人。

楚君尧的心微微一动,有一种莫名的冲动和勇气促使他几步上前,然后抬手狠狠地将她揽进怀里——这一刻,时光仿若停滞了。

米荔根本就不敢动,她怕稍稍一动,楚君尧就会松开她。她只是瞪大了眼睛,难以置信地贴着他的胸口,感受着从他胸腔里传来的"咚咚"声。

"米荔。"他柔声地说。

"嗯。"

"不如试试吧。"

"什么?"

"做我女朋友。"

米荔一个哆嗦,激动得要蹦起来,她不情愿地离开他的怀抱,慌乱地掏出手机对着他:"重新说一遍。"

楚君尧无声地笑了,明知故问:"说什么?"

"刚才你说的话。"

"我什么也没说。"

"楚君尧——我听见了!"米荔急得脸都涨红了,重新扑到楚君尧怀里,像考拉一样抱住他,"我明明听见了,你不可以反悔。"

楚君尧轻轻摸摸她的头,有些嫌弃:"几天没洗头了?"

米荔不好意思地笑了:"现在能不讨论我的头发吗?"

"米荔。"楚君尧扶住她的肩膀,正色道,"也许有一天让我做你的男朋友会是一件令你后悔的事,但我会努力做得更好一点儿。"

"我知道。"米荔迎着他温暖的目光,轻轻地说,"我知道你也许没有那么喜欢我,就算你只是因为感动或者是同情,但楚君尧,我不会后悔——"

楚君尧再一次将她揽进怀里,心中微微地叹口气,他的心情有些矛盾。他知道自己对米荔是喜欢的,但他分辨不清这喜欢是因为被她的性格吸引,还是因为被她的付出感动。当年喜欢上毕夏时他很笃定,喜欢上沈冬晴时虽然迟疑,心里却是了然的,唯有对米荔的喜欢让他举棋不定。

也许在经历了两段感情后,他的心中有了更多的胆怯和畏缩。

裴雨阳和沈冬晴赶到医院的时候,得知杨美清因为肺炎住进了重症监护室,她的呼吸系统随时都有可能衰竭,在病房外她的母亲一见到裴雨阳就哭了。

沈冬晴没有想到会这么严重,看着杨美清父母悲伤的样子,她的心中开始犹豫——她经历过彻骨的痛,明白失去至亲的感受,就算她因为顾珊的事恨过杨美清,但现在看她虚弱的样子,她也狠不下心来不理不睬。

"雨阳!"杨美清的母亲红着眼说,"我知道美清任性骄纵,她变成这样全是她自己的原因,但事已至此,也只有你才能帮她了!"

裴雨阳沉默不语。

"其实她这个病会好起来的,只是需要时间。"杨美清的父亲说,"休养加上一些合理的肺活量锻炼,医生说她以后会完全康复……这段时间能不能请你多鼓励她?"

裴雨阳为难地看了一眼沈冬晴。

没想到杨美清的母亲"扑通"一声跪了下去,声泪俱下:"如果她有什么意外,我也没法活了……我就这一个女儿!"

"阿姨!"裴雨阳扶起她,艰涩地回答,"我答应您——"

沈冬晴的眼泪蓄上来,有难过蔓延过她的心。她没有想到杨美清会如此喜欢裴雨阳,喜欢到连自己的生命也不在乎,那个飞扬跋扈的女孩原来比任何人都脆弱,她在感情的世界里横冲乱撞,令自己伤痕累累。

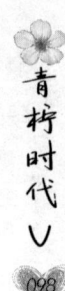

那个晚上,沈冬晴和裴雨阳一直坐在医院的走廊上,静静地等待着杨美清从昏迷中清醒过来。天蒙蒙亮的时候,医生说她的情况有所好转,但还需要继续观察。杨美清的父亲一再恳请医生要用最好的、副作用最少的药物,他们不惜一切代价也要挽回女儿的生命。

"我去买早餐。"

裴雨阳起身离开后,沈冬晴才发现他的手机遗忘在长椅上。

她拿起手机无意间看到屏幕上的照片,心里一惊,眼泪潸然而下。

那张照片里有她。那是寒假里,她干着一份理货的工作,每天拖着疲惫孤单的身体回学校,那天她在学校便利店买了一碗泡面,就坐在落地玻璃窗前默默地吃着。没想到她发呆怔神的时候,裴雨阳就在对面注视着她。

在他的镜头里,她的样子落寞清冷,而他伸出手,在镜头前做了一个拥抱她的姿势。就好像她靠在他的掌心里一样。

她打开他手机的相册继续看下去,里面竟然全都是她的照片,每一张他都在远远的位置,用手比出拥抱她的样子……她从来不知道,在那些孤独寂寞的时刻,裴雨阳用这样的方式默默陪伴着她。

她轻轻放下他的手机,动容不已。

裴雨阳把早餐递给杨美清的父母,他们只是叹气摇头:"美清不醒来,怎么吃得下?"

"她还需要你们照顾呢。"

"吃点儿吧!"杨美清的父亲对妻子说,"这孩子每次都闹得厉害,我们得养足精神才经得起她折腾。"

裴雨阳把另外一份早餐递给沈冬晴,欲言又止。

"一会儿我就回学校。"沈冬晴轻声地说,"别担心我,我没事。"

裴雨阳咬咬唇,心都碎掉了。

他原本已经决定不再理会杨美清,可是现在这样的境况,他不能不管。而沈冬晴呢?他多想能够和她在一起,像所有平凡普通的恋人一样……

"杨美清会明白的。"沈冬晴深深地望着他,"等她放下的时候,我们才能够毫无负担地在一起……裴雨阳,我会等到这一天的。"

裴雨阳静静地望着她,旋即抬手揽她入怀。

三

毕夏离开了Kleine的工作室。

靳雯雯表示不理解："你既然已经拒绝穆锡的求婚，又何必较劲地连他推荐的工作也不要？你就只当是积累经验，积攒人脉，毕竟在Kleine的工作室，你学到的东西比你在学校里要多得多。"

"经验我可以慢慢累积，人脉我不需要——"

"就算你不打算留在米兰，但如果你能在米兰有所建树，等你回国那身价也不同了！"靳雯雯在毕夏拒绝穆锡后，对她推心置腹，"对那个人，你完全可以逢场作戏。"

毕夏笑而不语。她知道她和靳雯雯的世界观不同，她们都说服不了对方，争执完全没有必要。

"算了，我也不劝你了。"靳雯雯也笑了，知道毕夏其实特别有主见，她做的决定没人能改变得了，心里对她更是生出钦佩，若是她就做不到拒绝。

毕夏在机场等待的时候，竟然有些哑然失笑。

没想到她和楚君尧分手后，他们竟然会在米兰重逢，而她竟然还来机场接他。她的心情有些波澜，但比起从前已经平静许多，在经历这么多事后，她想起当年的自己，也觉得在楚君尧面前过于强势，时过境迁再回忆起来，那段感情并不都是怨恨，还有很多真切的美好时光。

那毕竟是他们的初恋，最纯真肆意的一段时光。

是黎允儿在QQ上告诉毕夏，楚君尧即将到米兰留学的事。

"真不知道他搞什么，欧洲那么大，那么多学校，怎么偏偏选择米兰大学做交换生？"

毕夏也是一怔。

"何晨宇跟我说的……你也知道我和楚君尧没联系！"

即使隔着屏幕，毕夏也能感受到黎允儿的义愤填膺。

"都分手那么久了，他还来招惹你干吗？就算他跪着求你和好，你也别搭理他！"

毕夏有些失笑，她自然不会自作多情，以为楚君尧是为她而来，只是心里也不明白为什么楚君尧会到米兰来。

隔了几日，楚君尧也没对她说起这件事，倒是她主动问了，问他是否真的要到米兰来。

楚君尧说学校正好有名额，他的申请通过了，九月份会来米兰大学做一学期的

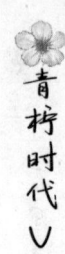

交换生。

毕夏说去机场接他,他定好行程告诉了她。

在见到楚君尧的时候,毕夏的心竟然出奇地安静,他和记忆中一样,阳光帅气,穿着运动衫,随身只有一个行李箱,随意而简单。

他们微笑着走向彼此,时光在轻轻地流淌,一晃,他们已经从青葱的少男少女走到现在的模样。

"好久不见。"楚君尧望着毕夏,他们最后一次见面的时候她憔悴而忧伤,现在看上去她气色好了很多,留着齐肩的短发,目光清澈明亮——就好像十六岁那年的毕夏。

"好久不见。"毕夏指指他的行李,"就这样来了?"

楚君尧拂拂额头:"我妈收拾的行李那叫一个壮观,只是因为现在宿舍还没有申请下来,所以要等几天大部队才到。"

毕夏自然知道国外大学申请宿舍有多难,大部分留学生都选择与人合租,她沉吟一下:"那你住哪儿?"

"先去别人那里暂住几天,再找房。"

毕夏望了他一眼,欲言又止,这时楚君尧的手机响了,他看了一眼接起来,声音温柔地报着平安,一一报告路上的行程。

毕夏的心里有些黯然,虽然她对楚君尧再无感情,但看着他眉眼含笑的样子,想起往日种种,也觉得唏嘘感慨。

楚君尧挂了电话,有些不好意思地说:"是米荔。"

"女朋友?"

"嗯。"

"竟然不是沈冬晴……"

楚君尧的脸微微一红,有些难堪:"对不起!"

"那你和沈冬晴为什么没有在一起?"毕夏可不想放过让他继续难堪的机会。

楚君尧微咳了一下,想转移话题,自顾自往前走:"米兰最近的天气如何?"

"说与我听听——"

"什么?"

"谁甩的谁?"

"怎么感觉你在幸灾乐祸?"

"不然呢?"

"好吧,让你高兴一下,是她——"

"她不是那么喜欢你吗？"

"喜欢这种事也会时过境迁呀！"

说完这句，两个人都变得尴尬了。

楚君尧小心翼翼看了她一眼，嗫嚅着说："对不起！"

毕夏瞪他一眼："如果你三句话不离道歉，我会更生气！"

"那你还恨我吗？"

"别自以为是，你可没那么大魅力！"

"那个穆锡——"

"你怎么知道他？"毕夏狐疑地问。

"是我室友。"楚君尧隐瞒了何遇对毕夏的感情，"他有个师哥在米兰，无意中听说的。"

毕夏依然觉得莫名其妙，但也不想深究下去，穆锡对她来说，原本就无足轻重。她对他甚至是有一些厌恶的，他的自以为是，还有对靳雯雯那种随意的态度，都让她不齿。

"他帮过我一些。"

"所以——"

"所以你到这里来，只是想八卦？楚君尧，我不会以为你对我余情未了！"

楚君尧笑了："还能对我冷嘲热讽，那我放心了！"

毕夏"扑哧"一声笑了："看在老同学的分儿上，我勉为其难收留你吧！"

"你该不会想要虐待我吧？"

"那你到底来这里做什么？"

楚君尧苦笑起来，当初交申请表的时候他最大的理由就是远离米荔，但现在……他对米荔说他要去米兰做交换生的时候，米荔意外、震惊、难过、不舍，可是已经成定局，她抹了抹眼泪转眼就笑了。不知道为什么，看着强忍眼泪微笑着的米荔，会让他心疼，会让他觉得她比任何时候都美。

她永远都充满了活力，永远都洋溢着正能量，而楚君尧也慢慢地被这样的她吸引。

"事实上一方面那个时候我想要逃避米荔，另一方面我不放心你。"楚君尧垂了垂眼，"真的，不是因为内疚，而是因为在我心里依然把你当成是很重要的人。"

毕夏沉默了。她明白楚君尧的感受，其实她何尝不是呢？因为一同经历过美好，所以根本做不到把这个人从生命里摒弃出去，他们做不成恋人，却可以做朋友。是在来米兰以后，她的心境更加平和了，她不再对过往耿耿于怀，不再对楚君尧有着怨恨。他们会像老朋友一样聊天,这种感觉对他们来说弥足珍贵。

"不是想逃避她吗?后来怎么——"

楚君尧挠挠头,笑了:"唉,她太缠人了。"

"那沈冬晴呢?"毕夏又绕了回来。

楚君尧把沈冬晴家里的变故以及她现在的情况大致跟毕夏说了一遍,毕夏唏嘘不已,她感慨命运多舛,又敬佩沈冬晴的自强。当年的她从未将沈冬晴当成对手,从未想过那个土气木讷的女孩会有所作为,现在才知道她的韧性强过很多人。只是没有想到,曾经那么喜欢楚君尧的她,竟然会对楚君尧放手。

感情这种事,兜兜转转,迂回曲折,没有到最后,谁也不知道结局。

楚君尧和毕夏成为合租者,这让黎允儿大跌眼镜。

她心直口快地对毕夏说:"你们这样朝夕相处,不会旧情复燃吧?"

"你想多了。"

"那他呢?"

"他现在的女朋友叫米荔。"想到米荔,毕夏无声地笑了,有时候见着楚君尧接电话,面红耳赤地在电话里说一些"甜腻"的话,她不仅没有一丝嫉妒,反而觉得这才是楚君尧应有的恋爱。她从来不会撒娇,和楚君尧在一起时,也不会服软或者示弱,所以他们的矛盾和争执才会越来越多……

毕夏知道,她和楚君尧这样独处一室确实很奇怪,但真的相处起来,两个人都觉得轻松愉悦。楚君尧性格开朗外向,毕夏则内敛沉稳,没有了感情上的负担,只是朋友般地相处,分享快乐,分担烦恼,过往的芥蒂就烟消云散了。

楚君尧住的是以前靳雯雯的房间,毕夏把缝纫机搬到了客厅,她在客厅画设计图剪裁和缝纫的时候,楚君尧就在电脑前写论文和设计软件。两个人有一搭没一搭地说话,她去煮咖啡的时候会替他续一杯,他去做消夜的时候也会有她的一份。两个人坐在茶几前,一人一碗杯面,闲散地聊天,都会有种恍惚的感觉。

楚君尧会想起当年的毕夏,那个骄傲自信的女孩在被命运洗礼以后,重新找到了自我,他为她高兴,心里对她有一种惺惺相惜的亲人般的感觉。

毕夏也会想起少年时的楚君尧,那个冲动热情的男孩,他给的"美好时光"依然是她生命里很珍视的一段过往。

有时候,他们也会谈起高中时代,黎允儿、敬嘉瑜、何晨宇,还有总是拿着试卷和她比较的孟欧……耀华中学的一切都变得熟悉而陌生,回忆就像一杯酒,喝时那么沉醉迷人。

有天穆锡来找毕夏的时候，开门的正是楚君尧。

他们彼此都怔了一下，然后又在心里将对方打量了一番，楚君尧见过穆锡的照片，对他吊儿郎当的公子哥形象并不诧异，而穆锡见着气宇轩昂的楚君尧面色灰白起来。

楚君尧闪身，站在他身后的毕夏一眼见着穆锡，没来由地皱眉。

"你有朋友在？"穆锡试探地问，心里紧张得要命。

"我住在这里。"楚君尧淡淡地回答。

这句话就像一把斧头，劈在穆锡的心上，整个人又蒙又疼。他以为毕夏拒绝他，只是因为还不了解他，但原来她压根就不想给他任何机会，因为她从头到尾都没有将他放在心里。一直以来，他对感情都不那么看重，原本是自负的男子，觉得自己有貌有钱，什么样的女生都会对他投怀送抱，但他对毕夏用足了十分的诚意也没能撼动她半分。

"他是——"穆锡可怜兮兮地问，"同学？"

"你有事吗？"毕夏知道他误会了，但她不想解释。

"我……"穆锡感觉到喉咙处堵了棉花，又不想认输，朝房间里扫一眼，想看出个究竟。

楚君尧大大方方地闪身，以主人的姿态说："请进。"

穆锡也不坐下，绕着房间环顾一圈，心里已经明了他们各住一个房间，一些希望又像是从死灰里要蹿出来似的。

"你好，我是楚君尧。"楚君尧倒了一杯咖啡递给他，然后亲近地揽了揽毕夏的肩，"听说你帮了我女朋友不少忙，我替她谢谢你了。"

这下那点儿火苗又被扑灭了，穆锡灰头土脸，艰涩地望着毕夏："所以这就是你拒绝我的理由？"

毕夏歉疚地望向他："谢谢你，但我终究不会留在这里。"

四

黎允儿坐在窗明几净的教室里，一边听课一边迅速地做笔记，什么权证、认购权证、认沽权证……这些生僻的金融专业词语她总要琢磨半天才能消化其中的含意。对于并非学金融专业的她来说，这一切都是陌生的。

虽然父亲很反对她做这个项目，但见她一意孤行，也只能默许了。手机放在桌面上调成静音，每次闪一下她都会看一眼，心里有些暗暗的失望。

她在等姚元浩的信息——他们第一次冷战了！

原因莫名其妙，她想给宁安县发展改革委的负责人送个礼品，只是询问姚元浩送什么好，就被他给截住了话头，说她应该走正规程序，送礼这种行为等同行贿。黎允儿也火了，说他就是学生气，根本就不谙生意之道，再说她只是去套个近乎而已，哪有他说的那么严重。

她有些跟他说不清的感觉，又觉得没有得到他的支持，就挂了电话，一连三天他们都没有联系了，他不找她，她也就跟他暗暗较劲。

黎允儿在QQ上对毕夏说："喜欢了这么久，是不是为了给自己一个交代才在一起？"

"你们吵架了？"

"没有。"

"闹别扭了。"

"好像也不算严重。"

"难道是你移情别恋？"

"当然没有！"黎允儿叫起来，"我是那种人吗？我只是突然觉得我们像两个世界的人。"

"他原本就是不善言辞的性格。"毕夏顿了顿说，"感情是需要磨合的，也许他并不如你想的那么好，但所有的感情都有一个了解的过程……"

"会不会因为了解而分手呢？"当黎允儿想到这个问题的时候，心里骤然一紧，一种碎裂的疼痛让她觉得那并不是她想要的结局。

但他们之间仿佛真的有了裂痕。

不仅有距离，还有观念不同……在第一笔融资到位后，黎允儿大刀阔斧地剔除了一些冗余的部门，她在人事上考虑得还不够周全，伤害了一些人的利益，引起了几次纠纷冲突，这期间她和姚元浩说起，他都觉得她做得不留余地。

黎允儿却觉得应该当机立断……也许连她自己都没有察觉到，现在的她变得强势起来了。那个大大咧咧的女孩一旦有了自己的目标，竟然比任何人都要执着。

她所做的节能项目是研发家用太阳能照明，起初只是作为偏远山区供电难的辅助设备，这种环保节能的方式如果能推广到大城市，很可能成为一种全新的生活模式。就好像第一辆共享单车诞生到它的普及，黎允儿有信心做国内第一个推广这个项目的人。

当她再一次抬头的时候，看到上课的老师换了一个人，不由得怔了下，没想到来人竟然是宜信创投的高总。

"同学们好，这一节资产定价的课程由我来主讲。"高总身穿白衬衣、灰色西装，没有中年男人那种油腻的感觉，倒显得特别清爽儒雅。他的目光扫过来，望向黎允儿的时候，后者给他一个笑容，他不经意地回了一个笑容，淡淡的，若有若无。

黎允儿感激高总的知遇之恩。

虽然他们第一次碰面很不愉快，他却依然给了黎允儿一个机会。

下课的时候黎允儿等到最后："高总，真巧。"

"是有问题？"

"像你这样的身价竟然还会来教书？"

"我以前就是大学讲师。"

"所以这算是玩票咯？"

"倒没有玩，只是希望能把自己实战中的一些经验告诉你们。"

"那我能请教几个问题吗？"

"洗耳恭听。"

黎允儿说起了现在项目推广上的难点，因为试点在偏远山区，他们前期是准备免费推广，"一些部门"却担心技术上的问题而一直不批这个项目，所以她内心很焦虑。

"给你一个建议！"高总侃侃而谈，"耳听为虚，眼见为实。你不如让他们真正了解你的核心技术的优势在哪里，再让他们来接受。"

黎允儿心里一喜，她觉得这是一个好办法。之前她就是拿着材料上蹿下跳地找人，可别人根本不懂她这个项目，也不会看她那些满篇专业术语的介绍。

跟高总一起走出教室的时候，黎允儿一怔，她没有想到姚元浩站在那里，手里还捧着一罐子红色的彩虹糖笑意盈盈地望着她，黎允儿心里一热，小兔子般地跳过去，亲昵地挽起他的手臂："你怎么回来了？"

姚元浩宠溺地揉揉她的发："看你最近又瘦了！"

黎允儿这几日阴霾的心情顿时散去，她扯着姚元浩介绍给高总："这是我男朋友，姚元浩。"

"你好，高志翔。"高总与姚元浩握手，却只是碰到指尖就收了回来，这种冷淡姚元浩敏感地察觉到了。

等他和黎允儿走开，姚元浩再转身看到高总朝他那辆凯迪拉克车走去时，他的心中生出一些失落和不安——所以现在围绕在黎允儿身边的都是这样成熟成功的男人？

"那个高志翔——"

"他就是宜信的老总。"

姚元浩长长地"哦"一声，而黎允儿浑然不知他郁郁寡欢的心情，继续说："高总可是个传奇人物，他白手起家，完全凭借对资本市场敏锐的判断力……"

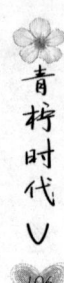

"那他怎么会在这里？"

"他来这里讲课。"

"这么巧？"姚元浩一怔，下意识地问，"他不会是因为你——"

黎允儿停下来侧身盯住他，"扑哧"一声就笑了："你吃醋了？"

姚元浩的脸微微一红："我自然是信你的……可是能答应我离那个人远点儿吗？"

"我跟他并不熟。"

"但你们不仅会在业务上有来往，就算来学校也会碰面。"

黎允儿的手从姚元浩的胳膊上滑落下来，脸色一沉："你到这里来就是为了与我说这些？"

"对不起，允儿。"姚元浩困顿地望着她，感觉自己把事情弄砸了。

"是我对不起……"黎允儿勉强地笑笑，"不该发脾气。"

这样的相处让黎允儿有些恐慌，她想起了毕夏和楚君尧，难道所有的恋情都经不起岁月的磨炼吗？年少时的喜欢走入现实，竟然像一朵营养不良的花朵，特别娇弱。而在工作这么忙碌的时候，她对感情也没有了耐心。

那天夜里她问毕夏："是什么改变了我们？成长吗？环境吗？"原本以为会顺风顺水的恋情，现在怎么会感到患得患失呢？

毕夏不知怎么回答，因为感情这道题，她自己都不知正解。而一墙之隔的楚君尧呢，他们现在能够如朋友一样相处，已经是对青春年少那一段感情最好的交代了。

五

毕夏开门的时候，一个短发俏丽的女孩出现在她面前，她明眸皓齿，笑容灿烂地问："你好，我是米荔，请问……"

"他有课，大约一个小时后会回来。"毕夏已经见过米荔的照片，对她有印象。事实上这个女孩并不讨人厌，她甚至很懂事。因为有着时差，所以她从来不会随意地打来电话，也没有听她盘问过楚君尧，他和毕夏"合租"的事。

有时候毕夏想，换作她大约是做不到的，她怎么能忍受男友和前女友租住在一个屋檐下——不过想来米荔也差不多，虽然不问，但她千里迢迢地追到了这里。

毕夏打开门让米荔进来，她们彼此打量，在心里对对方都有些赞叹。米荔早知道毕夏，以前觉得她高傲清冷，现在看上去温婉柔和了些，更显得柔美动人。毕夏见米荔，除了觉得她的笑容很阳光外，更觉得她大气随和，她很礼貌地询问有没有打扰到她，如果不方便，她可以在外面等楚君尧。

两个女生坐在一起，因为米荔开朗的性格，也没有很尴尬，她也没有将话题围绕着楚君尧，而是对毕夏放在桌上的设计图表现出很强的兴趣，她说了几句想法让毕夏觉得很中肯。

所以当楚君尧回来的时候，看到米荔已经在试穿毕夏的新作品了。

"这一件配色上有些沉闷，黑色可以撞红色，效果更抢眼……"米荔说。

毕夏拿起一块红布在她身上比画一下，觉得效果要好些。她最近准备参加一个服装设计大赛，从同学那里得知，如果获得这个大赛的名次，会有一笔可观的奖金，她想试试。

"米荔？"楚君尧震惊得快说不出话来。

"惊喜吧！"米荔当着毕夏的面，克制住飞扑上去的念头，只是笑，"我转学过来了！"

"胡闹！"楚君尧皱眉，"怎么能说一出是一出呢？"

毕夏见他们这样，尴尬地说："我正好要出门一趟……"

待她离开后，米荔才把她来到这里的过程说了一遍。在知道楚君尧要来米兰大学做交换生起她就打算跟着过来。她办理了休学，选择了米兰大学的法学专业做旁听生，算作是毕业前的一次游学经历。

"这么重要的事你问过你母亲吗？"楚君尧皱眉。

"我的人生自然由我自己安排！"米荔瞪大眼睛，仿若他问的问题很奇怪。

楚君尧心里有些沉甸甸的，他并不希望任何人为他做出改变，特别是在他感到和米荔的感情还处在一个并不明朗的阶段，她这样的付出和迁就会让他感到有压力。

只是事已至此，他对于米荔的决定也只能接受。

米荔看他并不惊喜，凑到他身边有些委屈："难道就这么不欢迎我来？"

"可你的学业——"

"加入法援社后我才知道其实我对法律也很感兴趣，虽然专业是医学，但也不妨碍我学习另外我感兴趣的专业……说不定我以后不想当医生而是做律师呢？"米荔正色道，"我没有儿戏，也不是胡闹，我这个决定是认真想过的……虽然来这里有一部分是因为你，但也正是因为这个原因，促使我试试看我是不是更喜欢法学。"

楚君尧被她说服了，抬手轻轻将她揽入怀，由衷地说："见到你，我很开心！"

米荔很快就办好了入学手续，在这方面楚君尧对她刮目相看，她是一个雷厉风行的人，大约从小在国外长大，所以在处理各种琐碎的事上显得特别独立和能干。她租了小

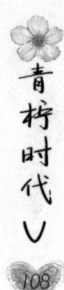

公寓,就在他们附近,她兴致勃勃地跑去旧货市场,淘来很多生活用品,把房间布置一新。

在某些方面,楚君尧和毕夏很像,他们都不是那种为生活上的琐事肯浪费时间和精力的人,他们崇尚的是简单,专注的是学业和工作,对于用整晚时间手工编制一条围巾或者花几个星期去找一把舒适的椅子,这种事只有米荔会做。

米荔是那种很愿意把时间浪费在美好事情上的人,也正因为她有一颗温暖细腻的心,所以她和毕夏的相处不见尴尬,竟然还很愉快。

米荔发现毕夏的缝纫机有个零件老化,在踩动的时候很吃力,所以她找了很多地方为她配到了新零件;她看到毕夏穿着一双薄薄的拖鞋,自己选了布料款式给她手工缝制了夹棉的拖鞋;她还替毕夏手工打造了一个书柜,将她放在角落里的书本分门别类地摆上去……

米荔做这些的时候没有讨好和勉强,她眼角眉梢都是欢喜:"手工之类的我最在行了,以前我都是自己去树林里找合适的原木回来加工各种家具……"

"你简直就是田螺姑娘。"毕夏赞叹地望着她,"米荔,也许只有你才会为楚君尧做这些。"

"那你们在一起的时候,你会为他做什么?"

米荔的目光清澈明净,一点儿杂质都没有,倒是毕夏怔了怔,觉得荒诞——楚君尧的前女友和现女友竟然能这样风轻云淡地相处,在很多年前她从未想过。刚和楚君尧分手的时候,她的怨恨就像一场海啸,席卷了她的身心。

今时今日,再痛的伤也愈合了,对于过往只有嘘唏和感慨。

那么她为楚君尧做过些什么呢?在他制造的"美好时光"里,是他一直在付出,即使后来他们重新和好,她心里也有无边的委屈和不甘。

看着米荔的时候,毕夏才觉得其实她才是世界上最懂得爱的人,她有一颗温柔善良的心,不仅对楚君尧好,连对她也是真心地好。

她们之间没有嫉妒、攀比、心机——三个人一起喝着咖啡闲聊时,米荔总会生动有趣地惹大家笑,这气氛让毕夏觉得宁馨温暖。

楚君尧的宿舍申请下来后,他还是决定搬到学校住,即使米荔并没有表现出介意的样子,但他还是得考虑米荔的心情,所以很快就搬去了学校。

生活在风平浪静里徐徐前行,这样的时光对毕夏来说竟然有几分不舍。

有时候坐在大教堂的广场上听悠扬的钟声,看四散的鸽子在人群里惬意穿行,她的唇边会不由得漾出笑意，这般岁月安好，是在经历了那么多痛苦后才感受到的。

原来成长就是把一个人从身体到内心通通打碎，然后揉捏，重新塑造。

她已经和过去的自己握手言和了，无论是坚强还是脆弱，无论是执着还是退缩，无论是清醒还是迷惘……这都是成长的一部分。

有时候和陆怀箫聊天，他会说："你看上去不错。"

虽然他并没有真的"看"到她，但他能感觉到她平静积极的状态。

陆怀箫为毕夏感到高兴，但他没有告诉毕夏，不久前他曾经到巴黎出差，然后专程到米兰来见她。当他在她家楼下等她的时候，意外地见到了楚君尧。

陆怀箫心里长长地"哦"一声，然后有铺天盖地的失望从头到脚把他淋透了。

那天当他看见毕夏抱着一沓书本出现在视野里时，满心柔情，喉头酸涩，眼泪几乎落了下来。原来驻守在电脑前的等待，全是为了此刻的见面，只是见着了，他却失去了上前打个招呼的勇气，他害怕她说出此刻她和楚君尧重新开始。

她从来没有对他提到过楚君尧，也许在她心里，他始终是一个不值得信赖的人，不是朋友，更不是知己，所以才会对自己的事包裹得那么紧。

陆怀箫在事后也没有去追问毕夏，他像以前那样和她聊天，点评一下她的设计，听她说说米兰的天气和风景……一些话语他总是写了又删，删了又写，他怕说得太冷淡她会不愿意聊下去，又怕表现得太热情她会觉得有负担。

这百转千回的心事，总是让他彻夜惆怅。

第七章

情不知所起，一往而深

一

毕夏参赛的作品在圣诞节前有了结果,她原本只是想试试,没想到得到组委会一致好评,觉得风格独树一帜,是时下流行的一股清流。他们给她颁发了最佳新人奖,赛后一家中法合资的公司老总请毕夏为他们设计一个系列服饰。

他们看中毕夏,也因为她是中国人,把国际潮流引向中国市场,还是要中国的设计师才能办到。

这种比赛虽然在米兰并不算盛大和重要,对毕夏来说却是很大的鼓舞,特别是她的这个参赛作品在时尚杂志上刊登出来后,也是好评不断。

米荔也是随手翻着毕夏带回来的杂志时才看到,看着一脸平静的她哇哇大叫:"是你呀!毕夏,这杂志上刊登的是你的设计呢!"

说着她把杂志举到楚君尧面前:"看你的前女友,太牛了!"

毕夏心里一紧,对于这样的"称呼"她依然觉得有些别扭。

"她从来就这样呀!"楚君尧认真地说,"想做的事一定会成功,从来都不会懈怠。"

"我好崇拜你!"米荔双手合十放到胸口,"不仅优秀,还那么淡定!"

"你以为人人都像你喜形于色呀!"楚君尧促狭地说,"你呀,就是没心没肺一傻妞!"

虽然楚君尧只是开玩笑,米荔听了却汕汕的,心里有些难过。

和毕夏相处的这段时间,她真心地佩服她,觉得她淡淡的性子里那股韧性是她所没有的,有时候米荔会想,楚君尧会后悔吗?如果她没有执意来米兰,楚君尧对她刚刚有的感情会不会就变得很淡了呢?

她一直试图说服自己,楚君尧不是因为感动才和她在一起,但那天楚君尧答应和她试试的时候,是她从广州回来那日。他一定是感动于自己为他做了那么多事。

只是想想,就觉得沮丧。

米荔接到楚君尧的电话时,正在一家西点店买松露果仁饼,虽然家附近就有几家饼店,但她在一篇文章里看到离家二十公里有一家传统老店,就不辞辛苦地找了过去。

楚君尧有些无语:"不过是饼干,会好吃到哪里?"

"对于吃货来说,有些时间是必须浪费的!"米荔很高兴,"我给你带了呢。"

"你待在那里别动,晚点儿我来找你——"

"怎么了?"

"球迷发生了骚乱,就在马堤欧地大道附近。"

"啊,怎么会这样?"

"大街上很乱,有人趁机闹事,交通也堵塞了……"

"那你回学校呀!"米荔着急地说。

"我得去找毕夏。"

米荔想起来,毕夏租住的房子就在那条街上,也开始担忧:"她还没有回家吗?"

"电话联系不上,这个时间她正好是从学校返回……"楚君尧不忘叮嘱,"你别乱走,等我联系上毕夏就过来接你。"

米荔的心突然有些慌乱,她在想如果此时此刻她也和楚君尧失联,他是会先找她还是先找毕夏呢?虽然米荔的性格让她没有那么多计较和心眼,但原来事关楚君尧,她也会这么没有安全感。

"楚君尧——"她喉头发紧,小心翼翼地问,"你会来接我吗?"

"当然。"

米荔欲言又止,停顿一下,只说:"你自己小心,我等你。"

挂断电话米荔感觉四周的风很大,她坐在西点店靠窗的位置,心里有着难掩的失落。她知道自己不应该胡思乱想,但楚君尧第一时间去找毕夏这件事依然刺痛了她。她总觉得毕夏比她好,不仅是因为她的优秀,还因为她那种风轻云淡的气场,不争不抢,从容利落,有时候只是淡然一笑,连她都觉得美呆了。

这样的毕夏和楚君尧之间还有着那么深厚的感情,他们一同拥有的青春年少时光……而楚君尧为什么会来这里,她其实一直在刻意忽略这个问题。欧洲那么大,为什么是意大利?为什么是米兰?又为什么和毕夏成为合租者?原来是介意的,只是被她自己刻意地藏了起来,装作毫不在意的样子,是怕会令三个人都感到别扭和尴尬。

她随手在手机上翻看新闻,看到骚乱仍在发酵中,球迷们甚至冲进商店和教堂,好些路人受伤。她给楚君尧打了电话询问,楚君尧说他已经到毕夏的公寓,但她没有回来,他打算去她学校看看。

"你什么时候来接我?"米荔轻声问,"要不我自己回去。"

"不行,你住的那条街也有骚乱分子。"楚君尧的声音听上去匆忙焦灼,"你乖乖等一会儿,我很快就过来了。"

米荔不想他多一份担心,立刻说:"我会等你的,别着急。"

挂了电话她伏在桌上,觉得时间好漫长。

二

毕夏打算从学校出来直接去靳雯雯订婚的礼堂,但她在地铁站遇到了穆锡,他穿着深灰色风衣,倚靠在跑车前,望着她笑。

穆锡有好些日子没出现了,毕夏都快忘记这号人物了。

一见到毕夏他就喜形于色地走过来:"靳雯雯今天订婚,她命令我来接你。"

"不麻烦你了,我坐地铁。"

毕夏转身欲走,穆锡自动跟上她:"也行,很久没有坐过地铁——"

"穆先生。"

"有事?"穆锡笑得一脸花枝招展。

"你明知——"

"是说你有男朋友的事?"穆锡捂着自己的心脏做痛苦状,"我已经了解过了,楚君尧根本不是你男朋友,他的女朋友另有其人。"

穆锡自从那天在毕夏家里见过楚君尧后备受打击,消沉了好些日子重新回到之前那种花天酒地的生活中去,只是有天他忍不住又守在毕夏家楼下,却迟迟没有看到楚君尧出现。他派人调查了一番,原来楚君尧那天只是配合毕夏当着他的面演了一出戏,楚君尧住在学校宿舍,而他的女友并不是毕夏。

他一边高兴一边郁闷——毕夏到底有多讨厌他呢?

接到靳雯雯要订婚的消息,他第一反应就是她请不请毕夏参加。

靳雯雯戏谑地说:"穆公子,你贼心还没死呢?"

他当然不死心!他已经决定要和毕夏死磕到底,就算她的心是石头做的,他也打算将它焐热。

毕夏见穆锡当真决定要坐地铁,皱皱眉:"穆先生,我承认楚君尧并不是我男朋友,但我和你之间半点儿可能都没有,请你不要误会。"

"所以呢,拒绝我的理由是什么?"

毕夏停下来:"课程结束我会回国。"

"我也很喜欢中国……"

"我们的背景差别太大。"

"我愿意适应你……"

"不是,"毕夏垂了垂眼,"谢谢你的青睐,但我不能接受。"

"Why(为什么)?"他锁住她的眼睛,黑白分明的瞳孔,一点儿杂质也没有,也没有对他一丝一毫的讨好之意。

"因为我有喜欢的人。"

"谁？"穆锡艰涩地扶住她的肩膀，"你别想骗我！你这个狠心的人！为什么总要一次次伤我的心？我都已经这样了——"

穆锡喉头发紧，声音痛楚。他从来没有这样卑微过，一直以来他自诩感情这种事他拿得起也放得下，但原来在遇到对手的时候，他根本就放不下！他想过挣扎，也试着努力，可最后还是放弃了。不得不承认，他已栽在这个女生手里。

此刻的毕夏心里有个清晰的名字。

在穆锡的声声质问里，她脱口而出："我真的有喜欢的人，他叫陆怀箫。"

这还是毕夏第一次正视这个问题，也许夜深人静的时候她会想起陆怀箫，但她从来没有深究过对他的感情，是朋友之情，还是爱慕之意？她和陆怀箫之间的一切都太淡了，从认识起，他们中间就隔着很远的距离，那时候她有楚君尧，后来又因为父亲的事怨恨他，再后来她做交换生回国遇到李沐言，再再然后是继父付文博的事……命运什么时候将他们连在了一起？他们没有太深的交集，但她走的每一步，都和他有着千丝万缕的联系。

她一直记得他的付出，她一直觉得他是在还人情，所以不肯去相信他对自己的感情。也许是她怕了，退缩了，在经历楚君尧和李沐言的感情后，她已经对感情有了畏惧。

但她记得，当她通宵达旦做设计的时候，她会开着QQ看陆怀箫在不在；当她遇到高兴值得庆贺的事时也会想要第一时间告诉他；当她在异乡觉得孤单无助的时候，更是会想起陆怀箫的饭菜和关心来。

有些人，就是藏在心里让你觉得温暖和安稳的。

比如陆怀箫。

所以她能够心平气和地再面对楚君尧，能够和他做朋友，也能和米荔做朋友，是因为她的心里已经有了另外一份感情。

她不想承认，也害怕面对。

是穆锡的咄咄逼人让她看清了她的感情。

她不想和穆锡有任何瓜葛纠缠，是因为她只想安安静静地完成学业回国——那里有她的家，还有陆怀箫。

穆锡盯着毕夏的眼睛，他想要看出她撒谎的痕迹，但她那么清澈坦诚的目光，让他不得不相信，真的有一个"陆怀箫"伫立在毕夏的心里。

穆锡踉跄一步，自嘲地笑："你又骗我，我就这么好骗？"

"穆先生——"

他盯着她的眼睛，坚定而深沉地说："我说我爱你是真的！"

"我只能抱歉。"她声音很小，但他全部听见了。

她的抵触将他的脾气惹了起来，手上想用蛮力控制住她："你到底想要什么？"

而毕夏的目光更加森寒："穆先生，请你放尊重些！"

一种绝望的情感让他觉得自己要疯掉了，一回头转身离开，他觉得很生气，却不知是气毕夏还是气自己，愤怒就像一把火，煎烤着他的心。

毕夏望着他离开，心里有些诧异，她以为像穆锡这样的人声势浩大地追求不过是演给别人看的，但看上去他真的很难过。

毕夏想到了靳雯雯，也许只有她活得最通透，从来就知道自己需要什么，当机立断地选择，又干脆利落地放弃。在知道穆锡对她的感情时，她就决定要嫁给别人了——毕夏在听到靳雯雯说订婚的时候，下意识地想问她爱不爱她的未婚夫。但转念又放弃了，靳雯雯所有的决定都是为自己好，她是一个分得清利弊的人。

毕夏在礼堂见到靳雯雯的时候，她和未婚夫正在跳舞，今天的她格外动人，穿着白色鱼尾礼服，开叉处露出修长的腿，一头乌黑浓密的卷发上戴着一圈白色蔷薇花，耳朵上两串施华洛世奇的水晶放肆地闪烁，看上去优雅别致，有着初生婴儿般的圣洁美好。

她的笑容也是真心真意的，时而低头娇笑，时而仰头开怀，一举一动，都宣告着她的喜悦。见着毕夏，她从热闹中走过来，笑得有几分喘："穆公子不是去接你了？不用说，他一定又碰壁了！"

靳雯雯自顾自地大笑，声音却有些尖锐。

她把手搭在毕夏肩膀上："今天是我最快乐的一天，你看我总算是要把自己嫁出去了——"

"恭喜你！"

"婚礼定在明年九月，我打算回国办，就办那种中式的，大花轿和大红袍……"

毕夏微笑地望着她，看到她憧憬地谈论着婚礼，还有她婚后的生活。

一直到订婚宴结束，穆锡都没有出现，毕夏跟靳雯雯道别后，独自乘车回公寓。

她发现手机自动关机了，地铁站的屏幕上在放新闻，有球迷骚乱，已经出动了大批警察。

毕夏看到新闻里的画面有些诧异，她知道欧洲的治安并不算好，但这种公然的骚乱她还是第一次经历，两队球迷在比赛结束后开始游行斗殴，他们打砸商铺，烧毁汽车，多名路人受伤,市长指责球迷的过激行为。

等毕夏走出地铁站的时候,看到平日干净整洁的马路变得混乱不堪,到处都是焚烧的垃圾,一些热血球迷高唱着自己所支持球队的队歌,将对手球队的标志砸碎打烂,又或者看到对手球队的球迷就开始追打……

毕夏小心翼翼地避着他们,她走得又快又急,但还是被一伙人给围住了。

"你支持哪支球队!"有人叫嚣。

毕夏看着他们脸上的球队标志涂鸦,手下意识地蜷缩起来:"国际米兰。"

他们还准备继续追问,有个人跑过来说了一串意大利语,他们就丢下毕夏朝前跑去了。

毕夏这才感到后背冷汗涔涔。

她平日里对足球比赛并没有兴趣,是从楚君尧那里略知一二,楚君尧来米兰后也去看过几次现场比赛,回来和毕夏聊过几句,所以她才分得清两队的队标,若是不小心回答错误,很可能就会遭到他们的攻击。

毕夏继续朝前走,走到楼下时看到穆锡的车竟然被刚才那群人给团团困住,她一怔。

穆锡跟毕夏分开后心浮气躁,他开着车在街上乱窜,听到骚乱的新闻时鬼使神差地打算去看看毕夏,又觉得自己很没有骨气,一拳砸在方向盘上,顿时喇叭长鸣,嘀嘀响了很久——他知道他的心思再也离不开那个女孩了。

两方球迷在恶斗,他的车正好停在交战的中心,他知道一旦他说出某个球队的名字,他就是另一个球队的敌人,所以他没有下车而是加大油门准备冲过去,没想到一个球迷爬上他的车顶,穆锡顾不得其他,干脆一轰油门就冲了出去,使得那个球迷重重地从车上摔下来。

他根本不敢下车查看,径直把车开走了。

一直到毕夏家楼下,他才又惊又怕地停下来,没想到才停一会儿已经被那伙人找到,他们一拥而上把他的车围住,正试图将车抬起来掀翻。

穆锡慌乱地拿手机报警,手一抖手机掉进缝隙中,他系着安全带手够不着,心里长叹一声,知道麻烦大了。

"住手!"毕夏眼见着穆锡危险,千钧一发之际想也没想地冲出去,大喊一声。

穆锡一顿,没想到毕夏会出现。

毕夏举着手机大喊:"我已经录下来了,你们每个人的脸!如果你们造成人员伤

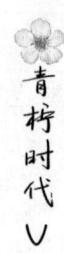

亡，这个视频就会成为你们的罪证！"

毕夏的手微微地抖着，但她镇定非凡的样子还是镇住了不少人。

刚才还气焰嚣张的球迷松了手，他们左右看一眼，希望有人带头，但谁都没有吭声。

毕夏继续说："车里那个人是我朋友，他不是任何球队的球迷，不信你们可以问问——"

穆锡打开车门下车，他把手举起来，故作轻松地糊弄："哥们，冷静点儿！小心你手里的火把，对，你看到了我的车在漏油，这车的油箱总有问题，一碰就会散架……万一'砰'的一声炸开，这家伙的威力就像枚炸弹吧！"

其他人看着他完好无损的油箱，还是下意识地后退了几步。

"不信，不信来点一个！"说着穆锡就去夺那个人手里的酒瓶，像个亡命之徒，"遇到你们算我倒霉！反正我走不掉了，不如大家同归于尽！"

毕夏紧张地看着他，而那个被抢夺火把的人已经怕得把酒瓶一扔，溅开的酒精点燃了其他人的情绪，一种被挑起的愤怒情绪很快蔓延，他们干脆把酒瓶朝穆锡的车上丢，穆锡也夺过酒瓶朝自己车上砸过去……他的豪车很快被点燃了。

乘着混乱穆锡往后退去，然后抓住毕夏的手大喊一声："跑！"

他们只是跑了几步的距离，"轰"的一声，他的车爆炸了，车盖被弹飞起来，一团黑色的蘑菇云腾空而起，离汽车最近的几个人因此受伤在地，痛苦地呻吟起来。

毕夏感到自己被穆锡护在身后，那声巨响仿佛要击穿她的耳膜，一股热浪将他们掀起来又重摔在地，疼，浑身都疼。

"毕夏！"穆锡焦急地扶起她，左右打量，"你没事吧？"

毕夏看着面前的人，神色恍惚间突然问："陆怀箫，你怎么来了？"

穆锡一顿，他明明刚和毕夏经历生死，现在却感觉万箭穿心。

他终于明白爱一个人是什么心情了，原来他一直被人称作浪子是个误解，他痴情起来连自己都觉得陌生——刚刚他有一种连命都不要，为了毕夏豁出去的感觉。

但现在他知道他永远也走不进毕夏的心里。

他也没有办法告诉毕夏，那个比赛的最佳新人奖是他安排的，也是他找朋友请毕夏设计他们公司新一季度的服饰，他就想要给毕夏铺一条路，想着用曲线救国的方式让她感动。但现在他明白了，如果毕夏知道这一切都是他安排的，她是不会原谅他的。

毕夏有一颗比任何人都高傲的心，所以穆锡也只能对她俯首称臣。

三

楚君尧接到米荔的电话时,正在医院里陪着毕夏做检查。庆幸的是她只是轻微脑震荡,穆锡有几处皮外伤,医生缝合伤口的时候,他只是闷闷地望着毕夏,不知是伤口疼还是心疼,眼眶有些红。

救护车来的时候,楚君尧才看到毕夏,彼时他正从路口过来,见着前方红光映天,不由得跑了起来。然后他便看到毕夏被护士扶着上救护车,急得大喊一声:"毕夏!"

毕夏扭头见是他,眼泪"唰"地落下来。刚才经历的一切她后怕极了,此刻见着楚君尧她不由得站起来,面色苍白,嘴唇微颤,喉咙酸涩得说不出话来。

"你受伤了?"

毕夏摇头。

楚君尧关切地打量她,确定她身上没有伤口后松了一口气:"你手机不通,我已经找遍附近几条街,急死了——"

此时此刻有楚君尧在身边,毕夏的情绪慢慢稳定下来,她从来没有想过在这个纷乱的夜晚,她所依靠的人会是楚君尧。

在救护车里时,毕夏请楚君尧把手机借给她,她原本想要给陆怀箫打个电话——她想要对他说刚才发生的一切,还想要说"陆怀箫,我想你了"。

只是手机铃声响到音乐的尾声,陆怀箫也没有接电话。

毕夏做检查的时候,米荔打电话问楚君尧在哪里。

"毕夏遇到汽车爆炸,她吓坏了,"楚君尧愧疚地说,"你……"

"我已经到家了!"米荔故作轻松地笑,"你陪着毕夏吧,明天我去看她。"

因为西点店里太暖,当她挂上电话的时候,看到窗子玻璃上霜花融了水,一道道无声地滴了下来。

"小姐,抱歉,我们要打烊了。"店主不好意思地望着米荔。

她立刻起身:"对不起,我这就离开。"

"你等的人还没有来吗?"

米荔揉了揉眼睛,虚弱地笑:"他会来的。"

她离开西点店的时候手里还拿着一袋给楚君尧打包的饼干,她望着清冷的斑斑驳驳的石子路,感到风从四面八方涌了过来。

这个时候已经没有地铁了,她走了很久也没有打到出租车,干脆找了一家通宵的便利店,坐了整晚。她的手机无声无息的,她很想要再给楚君尧打电话,但到最后也没有

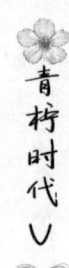

拨出去。

楚君尧送毕夏回家后又去米荔家楼下,见她家灯没亮,以为她睡下了就没有上楼。

他回学校的时候已经是后半夜了,接到陆怀箫从国内打来的电话。

"你好,我是陆怀箫,请问?"

"是毕夏用我的手机给你打过电话。"楚君尧说,"但现在我们没有在一起,要不你试着看她的电话能否拨通。"

"你是楚君尧?"

"嗯。"

陆怀箫沉默一下:"那我给她打电话吧。"

他们没有多余的寒暄,挂上电话的时候陆怀箫怔了好一会儿。他在想毕夏用楚君尧的手机打给他,这是不是一种暗示呢?暗示她和楚君尧重新在一起……一种无法面对的心情让陆怀箫没有给毕夏回拨过去。

四

裴雨阳揉着隐隐作痛的太阳穴,身体靠在椅背上,闭眼休息了一会儿。

明明可以靠颜值,你却偏想靠才华……

电脑的聊天页面上突然跳出来同事蔡雅发过来的一句话。

他侧身看了看坐在右边的蔡雅,回了一句:爷靠的是实力!

裴雨阳来这家影视公司应聘的时候,别人跟他说演员招募组在那边,他回答说来应聘编剧助理,别人古怪地瞧了他一眼——所有人都觉得他学了四年表演,又接拍了好多部电视剧,到毕业可以大展宏图居然放弃演戏,真是很任性的一件事。

但裴雨阳的任性,一向如此。

他觉得比起演戏,写故事更能让他有发挥的空间,所以看到这家公司的招聘启事时,就来应聘了。说是编剧助理,实际就是杂务工,要帮编剧整理资料文案,还要无条件奉献很多自己的"点子"。薪水很低,事情很多,但他一点儿怨言也没有,在公司附近租了个一居室的公寓,每天穿着正装踩着点上班,加班是常态,有时候忙到深夜,他站在公司落地窗前看三十楼下的夜景,心里会默默地思念沈冬晴。

他有时候会去看杨美清,她住在浦东,他的公司在浦西,虽然十天半个月他才出现一次,但杨美清已经觉得很开心了,她知道裴雨阳讨厌她,现在也不过是出于道义才来探望,但她觉得她得不到裴雨阳,也不能让沈冬晴得到。

至少裴雨阳留在上海,而没有去北京。

裴雨阳有天看同事蔡雅写的一个单元剧,一个女孩失恋后,一个男孩帮助她走出失恋,并且最终两个人在一起的故事,他饶有兴致地问她:"这个故事有原型吗?"

蔡雅比裴雨阳早两年进这家影视公司,年纪比他大三岁,一头利落短发,单眼皮瓜子脸,是属于那种第二眼美女,她现在做的是编剧经纪人的工作,也就是将公司编剧的作品联系影视公司转化成作品,但蔡雅也很喜欢写作,自己平时写了剧本就找公司编剧看看。

"我杜撰的。"蔡雅笑,"是谁失恋了,你想乘虚而入?"

裴雨阳瞥她一眼,气定神闲地说:"我有女朋友。"

蔡雅笑得更厉害了:"有女朋友就有女朋友,瞧你那嘚瑟样。"

裴雨阳把沈冬晴的照片拿出来:"美吧?"

蔡雅认真看了一眼,虽说很清丽,但并不打眼,和裴雨阳站在一起,倒显得他更加俊朗。不过见着裴雨阳献宝似的将女朋友照片给她看,她也对裴雨阳的人品有了好感,公司里隐恋隐婚的多了,裴雨阳这么坦诚的态度一下斩断了其他人对他的念想。

"挺有气质。"蔡雅随便夸了一句。

"她在北京。"

"那你怎么不追过去?"

裴雨阳苦笑一下:"我会去北京的。"

蔡雅扫他一眼:"你到底想跟我说什么?"

"怎么帮助一个失恋的人重新振作起来……"

"谁失恋了?"

裴雨阳那时候跟蔡雅并不熟,但他有求于她,只能把他、沈冬晴还有杨美清的事简单地说了一遍,他觉得不能任由杨美清钻牛角尖了,她需要振作起来,找到自己生活的方向,而不是把她的心思全放在裴雨阳身上。

蔡雅听完瞪大眼睛:"杨美清凭什么要挟别人的感情?"

"我也想不管她,可是万一——"

"她要死就让她死算了,谁也拦不住!"

"沈冬晴和我都做不到……"

"怎么会有这么过分的人!"蔡雅义愤填膺,"她明知道你心有所属,还强人所难!"

"但我确实没有救她。"一直到现在,裴雨阳都很自责。

"在那种情况下,人都有选择的权利——"蔡雅宽慰道,"我觉得杨美清应该去看

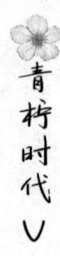

心理医生,她应该属于偏执型人格。"

蔡雅说到做到,隔天就热心地将自己一个做心理咨询师的师兄介绍给裴雨阳,说下次可以一起去见杨美清,看能否找到她的症结,然后慢慢地开解她。

裴雨阳原本只是想听下蔡雅的意见,没想到她会认真地替他想办法,两个人就变得熟稔起来,私下里成了很好的朋友。

裴雨阳进公司晚,人事上有不懂的地方蔡雅会提点几句,写剧本到才思枯竭时,蔡雅也会帮忙想些点子,一些工作上该接的不该接的活儿,蔡雅都给职场菜鸟裴雨阳建设性的意见……虽然公司里大家也议论两个走得近的年轻人是不是在谈恋爱,蔡雅也不解释,笑而不语。她对裴雨阳说,越描越黑,管他们怎么说。

裴雨阳带着许易出现在杨美清面前时,只说他是同事,并没有说他是心理咨询师。

杨美清显得很高兴,她觉得裴雨阳肯介绍同事给她认识,是他们关系改善的表现。

"你也是编剧吗?写过哪一类剧本?"

"我是编剧经纪。"许易微笑望着她,"目前推的都是网络单元剧,没有什么拿得出手的作品。"

"他住在这附近。"裴雨阳说,"我来看你,正好顺路。"

"你也喜欢东野圭吾?"许易从茶几上拿起几本书,"他的文风过于冷静……日本的作家里我最喜欢的还是村上春树,《1Q84》你看过吗?"

杨美清饶有兴致:"三部我都看过,构思太缜密……"

裴雨阳看他们聊起来,心里一喜,果然是心理咨询师,许易能够很好地与人交流,并且他在观察之中做着很好的引导。

等和许易离开杨美清家的时候,他们已经约定好下次交换读物。

"没想到她居然爱看书。"裴雨阳不由得说,"倒是和她的性格差距很大。"

许易笑了:"在你们的描述里我也以为是个洪水猛兽,没想到她其实是一个细腻敏感的女孩,不过是自尊心强,不愿意认输罢了。"

"那接下来怎么做?"

许易看他一眼:"你好像特别讨厌她。"

"对。"

"这才是让她很在意的地方。"

"什么?"

"如果你真心把她当朋友,也许这会是打开她心结的方法。"

"可是她——"

"她所有过激的反应都来源于你！"

裴雨阳怔了一下。

"杨美清明明知道你喜欢别人，却还是不肯放手，因为她在和自己较劲，可是她又没有其他的办法，就只能拿自己的健康来威胁你了。"许易说，"如果你表现出在真心关心她，我相信她会有所感悟的。"

这么多年裴雨阳对杨美清一直都表现得很冷漠，特别是在她伤了他的脸时，他对这个人更是厌恶至极，还有现在，她提出的非分要求对他来说，甚至让他有所怨恨。他虽然会去看她，但并没有多少笑容或者真心的问候。

杨美清一定能够感觉到，所以她才会用这样的方式打击他，报复他。

他们两个人的关系陷入一种恶性循环，他想要摆脱，而她就千方百计地要留住他。

"你说的好像有几分道理。"

"她本性不坏。"许易说，"我相信她会振作起来的。"

在某个天气好的时候，蔡雅让裴雨阳约杨美清去踏青，她说许易也会一起去。

"许易的主意？"

"是呀，他说要让杨美清看到生活里别的更美好的事物，就不会整颗心都只想着和你作对了！"

"许易是不错的心理医生。"

"他大概想把杨美清做特殊案例，写进论文吧。"

"这个……"裴雨阳有些为难，"如果杨美清知道真相——"

"放心，在这之前许易一定会治愈她的心结。"

裴雨阳觉得许易对这件事太过热心，一想到他是为了写论文就觉得心里有些不舒服，转念又想，也许许易的热心能帮到杨美清呢？

他们四个人一起去踏青的时候，杨美清表现出对蔡雅的抵触，蔡雅就主动说她是许易的女朋友，这样好像把杨美清和裴雨阳划成一对，让她又高兴起来。

杨美清的身体很弱，走不了几步就会喘，裴雨阳认真留心着她的呼吸频率，当察觉她累的时候会停下来让大家休息，并且一路上对她多加照顾。这还是裴雨阳第一次对杨美清表现出友好，有好几次裴雨阳望着她的时候，都察觉她眼里有晶莹的泪。

她说："裴雨阳，你知道吗？这是生病后我最开心的一天。"

"我认识一个瑜伽教练。"许易适时地说，"她会用腹式和胸式两种呼吸结合起来，有效地按摩内脏，能很好地增强肺活量。"

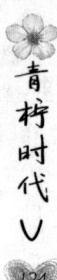

"对,练瑜伽,这比一般的康复训练更好。"蔡雅也热心地说,"只要一段时间你很快就会和正常人一样跑跳,可以去做任何你想做的事。"

"我没有什么想做的事。"

"怎么会呢?"蔡雅说,"和男朋友去旅行、登山、浮潜、跳伞,或者在下雨天的时候撑一把伞去喜欢的咖啡厅喝一杯,又或者下雪的时候去堆个雪人。"

杨美清望了望裴雨阳,又垂了眼:"也许这些都不能实现。"

"只要你愿意,这些都能实现!"许易由衷地说,"去我介绍的瑜伽教练那里,不出三个月,你会感觉到身体发生的变化。"

"所以——"杨美清的声音突然尖锐起来,"你做的一切都是为了说服我去锻炼?等我身体好了,你就可以去找沈冬晴?"

"不!"裴雨阳盯着她的眼睛说,"我随时都可以去找她,因为我知道她在等我!但我现在没有去,是因为我希望你能好起来,不仅仅是你的身体,还有你的心!杨美清,我从来没有想过要去了解你,甚至连朋友也不想和你做,但现在我真的希望,你能像所有健康的女生那样,去恋爱,去奔跑,去做你想做的事,过你想过的生活——"

"我只想和你在一起!"杨美清的情绪激动起来,泪流满面地喊出声,"你明明知道的,我只想、就只想要你!"

气氛突然沉默下来。

"就算你想和他在一起,这样病恹恹的你又能做什么?"许易突然严厉地反问,"你知道你在他眼里是什么吗?是负累,是道义……"

"我知道!"杨美清痛哭起来,她因为情绪激动呼吸变得困难,脸色也惨白起来。

裴雨阳赶紧把呼吸仪面罩给她戴上,半响后她才慢慢地平静下来。

许易和蔡雅相视一眼,情况比他们想的更为棘手,杨美清太固执了,固执得像一块石头,谁的敲打也不会听。

五

沈冬晴是去矛郧县采访老街开街仪式的时候受的伤。

那条古街因为景色别致,历史悠远,所以一开街就吸引了很多观光客,县委为了提高知名度请来媒体做采访,沈冬晴和随行的记者一起前往矛郧县,没想到她站在桥上想要拍摄全景时,人太多吊桥突然从中间断裂,幸好河水不深,而当时她为了护住一个小女孩,被一块重物砸中,当时疼得站都站不起来。

肖嘉言是和邵伶伶一同出现在病房的,她脸上的焦灼夸张得让人生疑:"听到消息真是吓坏我们了！听说还死了两个人，伤了三十七个人……"

沈冬晴并没有大碍，但医生建议留院观察，她跟主任说明情况的时候，没想到肖嘉言很快就得到消息，他连夜开车赶往京郊的矛郸县医院，邵伶伶说她也要一起去。

肖嘉言皱眉："你这里什么都没有，我去买——"

"我去！"邵伶伶亲昵地按住肖嘉言的手，"这种事我终归比你细心些。"

沈冬晴看着邵伶伶的神色，对他们的关系一目了然。

待她离开病房后，沈冬晴和肖嘉言有些沉默。

"我们一起吃过几次饭。"肖嘉言像在解释，更像是自言自语，"有一次喝高了，她对我表白我就接受了。其实她挺好的，对我也好，想想反正别人也不稀罕。"

他说最后一句话的时候盯着沈冬晴，有些抱怨。

"谢谢你们来！"沈冬晴没有接他的话，不知道该说什么。她不敢确定邵伶伶有多少真心，但她已经不想去过问邵伶伶的任何事。

"你知道的……"肖嘉言欲言又止。

"刚才发生事故的时候，"沈冬晴淡淡地说，"当时真的很混乱，很多人尖叫、哭泣、推搡……我听到他们在喊一些名字，是和他们一起的亲戚朋友吧！只有我站在那里，脑子里嗡嗡地想，可是肖嘉言，我一点儿都没有想起你来。"

如此直白地拒绝。

肖嘉言的心终于灰了下去，他明白了，无论他是什么身份、什么背景，他的父亲又是谁，沈冬晴自始至终都没有在意过，更没有考虑过和他要发生点儿什么。即使他带着邵伶伶来，想要"刺激"她一下，但她依旧心止如水。

他败了，彻底地认输。

等邵伶伶回来的时候，他已经恢复了神色，他在心里对自己说，以后他就是邵伶伶的男朋友了，而沈冬晴，他会有多远离多远。

"明天坐我们的车回去吧。"邵伶伶很热情地邀请，又说，"嘉言，今天我们就住这里？"

肖嘉言淡淡地回答："你决定就好。"

邵伶伶没想到他会干脆应下，倒是一怔，面上不由得笑了，知道肖嘉言已经认可她了。

等肖嘉言和邵伶伶离开后，沈冬晴闭上眼睛，默默地回忆出事时的情景。

吊桥是突然断裂的，随着尖叫声、哭喊声，游客们纷纷往下掉，站在桥边的沈冬晴身体一晃，本能地揽住刚才站她身旁看她拍照的女孩，然后另一只手抓住了绳索，她们

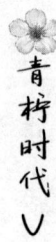

随着惯性跌进水里，为了避免被砸伤她把女孩圈在怀里护住……那个混乱的时候她以为自己会死掉，最恐慌的时候她脑海里想起了父母，还有裴雨阳，很冷，水里面哭喊声响成一片……那一刻她感觉所有人都有一种末世般的惊惧，求生的本能让他们混乱癫狂。

当她抱着女孩终于趴到岸边时，女孩喊出来："姐姐，你受伤了！"

她满手都是血，手背上蜿蜒着一道长长的口子，可她竟不觉得痛，因为她觉得身上哪里都痛，就像骨头碎开了一般。

她哆哆嗦嗦地找手机，眼泪横飞。

当裴雨阳的声音从手机里传来时，她的心顿时平静了。

"雨阳——"她这边声音很嘈杂，她不得不扬高声线。

"我刚煮了泡面，要不要一起吃？"

"我饿了。"

"你在哪儿？"

"在矛郧县采访。"

"那我给你送过来——"

"别！"沈冬晴忍着痛，眼泪默默地在脸上流淌，"太远了，下次我再去找你吃泡面。"

"你那边很吵。"

"对，这边人很多，很热闹。"

"那你穿得厚吗？"

"我会照顾好自己……"沈冬晴停顿一下，"我得去采访了。"

"好。"

可是他们等了好久，对方都没有先挂掉手机。

"姐姐——"一旁的小女孩问，"很疼吗？"

沈冬晴立刻挂掉电话，挤出一些笑容宽慰道："不疼。"

也许裴雨阳已经成为她心里的支柱，在最痛苦最无助的时候，只有依靠着他才能让自己坚强地去面对。

当沈冬晴从睡梦中醒来的时候，看到的是裴雨阳一张放大的脸，她一怔，有些恍惚得不知身在何处。

"我给你送泡面来了。"裴雨阳暖暖地笑。

沈冬晴蓦地坐起来，没想到头撞到裴雨阳的下颌，后者疼得朝后一仰。

"你见到鬼了吗？"裴雨阳不满地问。

"裴雨阳——"沈冬晴瞪大眼睛，终于明白不是做梦了。

"喂，干吗一副受惊过度的样子？"

"你怎么来了？"

"是你说你饿了呀——"

"我就是说说。"

"可我一向对你认真。"

"你怎么来的？"

"坐高铁到北京，然后坐出租车到这里——"裴雨阳嬉笑，"看来我想把你狠狠感动一把的目的没有达到，你看上去只有惊没有喜！"

沈冬晴突然抬起手来，一把搂住他的脖子，裴雨阳身体猛一晃，然后乖乖地停住不动。他和沈冬晴通电话的时候已经觉察到异样，然后听到有个小女孩问"姐姐，很疼吗"，他还想要追问但电话已经被沈冬晴挂掉了，他立刻就确定她出事了。他给薛珊打电话，让她去问沈冬晴，沈冬晴并无察觉就将吊桥断裂的事告诉了薛珊。裴雨阳连夜赶到这里，风尘仆仆，直接到县医院询问是否有记者受伤，在看到沈冬晴的那一刻，一颗悬着的心才稳稳落地。

当肖嘉言和邵伶伶推开病房的门时，看到的是裴雨阳一口一口地喂着沈冬晴喝粥，他们的目光锁着彼此，甜蜜的感觉一目了然。

肖嘉言的心颤抖起来。

身旁的邵伶伶感觉到他的颤抖，伸出手紧紧握住他的手。

"沈冬晴，真羡慕你！"邵伶伶笑着说，"男朋友又帅又体贴——"

裴雨阳别过面孔，看到邵伶伶和她身边的肖嘉言。

肖嘉言虽然听说过裴雨阳是演员，但他的英俊帅气还是令他有些嫉妒，这个男生有刚毅的面部线条，那种落拓的气质完全就是偶像剧主角。

所以败给这样的男生，他也没有什么不服气的了。

肖嘉言要回北京，询问他们是否一起，沈冬晴说不用了，还有工作没有完成。

虽然开街仪式出了事故，杂志也不会再刊登照片进行宣传，但沈冬晴依然想拍一些照片，为昨夜那些惊心动魄的时刻。

北方的冬日，阳光特别清冽，沈冬晴和裴雨阳行走在凌乱的街道时，唏嘘不已，昨晚还那么热闹繁华，今天却一派萧条，游客们都撤离了，好些商家店铺都没有开门——也许他们投尽所有的心血在这里谋生，希望这条街能带给他们生活的好运。但现在一切

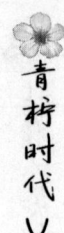

都毁掉了，会有多少人陷入绝望里？

沈冬晴想起了父亲，那时候父亲的蚌苗全死掉，他的生活才走进绝境。

沈冬晴更加认真地拍起照片来，她希望能说服主任按照原定的计划刊登出古街的文章。

工作完成后，裴雨阳和沈冬晴一起乘巴士回北京，两个小时的路程，裴雨阳和沈冬晴静静相偎，冬日的阳光将远山笼罩出一种灰蒙蒙的色调，但在飒飒的寒风中他们都不觉得冷了。

第八章

只想在你怀里，养幸福的伤

Qingning Shidai V

一

毕夏在橱窗里看到自己设计的服饰，心情有些小激动，这还是她第一次见着成品在商场里出售，"兰朵儿"的老总亲自打电话给她，说这个系列反响很好，他们的订单超过预期，现在希望能跟她签长约，每个季度都为他们设计一个主打系列。

毕夏说会考虑。

"您是觉得佣金不合适吗？"对方谦逊地说，"价格可以谈，我们很欣赏您的才华，真心希望能与您达成合作。"

"不是钱的问题。"毕夏停顿一下，"事实上还有大半年我打算回国，到时候怕很难兼顾。"

"那太好了！我们准备在中国建厂，您也知道中国市场有多大，一直没有合适的人选……"

对于毕夏来说这无疑是个很好的机会，但她总觉得对方的赞许太过明显，再加上之前穆锡曾经找明星请她做定制服装，她不得不考虑也许这件事依然和穆锡有关。

她决定去商场看看实际的销售情况。

"小姐，这是今年的新款——"专柜导购热情地说，"要试试吗？"

"不用了，我随意看看。"

"我们现在有活动，打七折。"

"不是新款吗？怎么会打折？"

导购露出职业性的微笑："活动只有三天，所以非常划算。"

毕夏在"兰朵儿"专柜外观察了一天，她设计的那个系列并没有被导购重点推介，只是摆放在角落里，来往的顾客连翻看都没有……种种迹象都让毕夏觉得事实并不像"兰朵儿"老总说的那样。

离开商场的时候，米荔打电话给她："香喷喷的芝士蛋糕在向你招手！"

毕夏无声地笑了："你们享用吧，我不过去了。"

正说着，电话那边传来楚君尧的声音："总归要吃晚饭的，赶紧来。"

毕夏还想拒绝，米荔说了一声"等你哦"就挂掉了电话。

毕夏到的时候，米荔在厨房里煮意面，楚君尧一边去开门一边冲她说："别放洋葱！"

米荔看着锅里沸腾的水，觉得心情很沮丧。她自然知道毕夏是不吃洋葱的，从第一次一起吃饭时楚君尧就告诉过她，毕夏不吃洋葱，但后来的每一次他依然会提醒她这一点。

他牢牢记着毕夏的口味喜好，却忘记问她喜欢什么或者不喜欢什么。

米荔也觉得和楚君尧在一起后，她变得特别小心眼了，她真心地想和毕夏做朋友，越了解她，就越喜欢她……那么楚君尧呢？他会不会感到后悔呢？她明白楚君尧对毕夏有着无可替代的感情，但这种关心太明显了，明显到让她不开心。他们约着去看电影，楚君尧说问问毕夏有空吗？他们去餐厅吃饭，他会说约毕夏一起吧……所有的事他总是记得毕夏，听到她咳嗽一声，他也会立刻找出感冒药。

有一天她们俩在厨房里洗碗，她不小心打碎了一个杯子，楚君尧冲到门口朗声喊："毕夏，你没事吧？"

蹲在地上拾杯子的她手指兀然被割了道口子，还是毕夏发现了："米荔，你流血了！"

那一刻，米荔特别想哭。

就像今天她想要给楚君尧做好吃的，楚君尧却让她给毕夏打电话。

"今天能不能就我们两个人？"她望着他的脸问。

楚君尧一怔："怎么了？"

"今天是我们相爱一百天纪念日。"

楚君尧不由得笑了，抬手捏捏她的鼻翼："又不是小女生，这种日子还要当作纪念日！"

她在心里喊：可是和你在一起的每天都让我觉得是纪念日！

她没有笑，站到楚君尧面前，而他后退一步，忍俊不禁："米荔，你干吗呢？这么严肃。"

"亲亲我吧。"她的心怦怦直跳，觉得面红耳赤。

楚君尧俯下身，很不自然地在她额头上蜻蜓点水地一过："你今天怪怪的。"

这是米荔第一次主动让他亲自己，而他们之前除了牵手再无亲密的举动，他的功课很忙，他们一个星期见一两次面，但几乎每一次他会喊上毕夏，如果毕夏说没空，那他也会匆匆地离开——这一场恋爱让米荔觉得越发辛苦。

在她胡思乱想的时候，毕夏走进厨房，她松开围巾，而楚君尧自然地接过去替她挂起来。大约是外面有些冷，更显得毕夏的脸色特别清丽淡雅，她对楚君尧说谢谢的时候，米荔已经整理好情绪，重新露出愉悦的神色。

"我要去都灵一趟，参加一个展览。"楚君尧说，"有没有需要带的东西？"

米荔不动声色地听着——这件事楚君尧并没有告诉她。

"米荔，番茄酱太多了！"毕夏笑着说。

米荔这才察觉自己在挤番茄酱，已经快堆成小山了，尴尬地说："这个番茄酱不够酸呢。"

"你去几天？"米荔问。

"三四天的样子。"

"我跟你一起——"米荔问，"可不可以？"

"是跟导师同学一起，要布置会场，大约没有时间游玩。"

米荔真的很想和楚君尧一起旅行，来了欧洲两个多月了，她提出的几次旅行计划都被他否决。她在想，楚君尧是不是很怕和她单独相处？

她听到毕夏在和楚君尧讨论她设计的服装的事。

"你怀疑销量并不好？"楚君尧问，"可他们为什么要撒谎呢？"

"也许是穆锡安排的。"毕夏停顿一下，"我不知是否还要和'兰朵儿'合作。"

"那交给我吧！"

"楚君尧，你有办法？"毕夏问。

"不就是做一份市场调查吗？"楚君尧眨巴眼睛，"太简单了！"

只是一个周末的时间，楚君尧就替毕夏解决了她的困扰。他穿上西装戴上眼镜，拿着几份调查表去各大商场"兰朵儿"专柜做市场调研，他说他是"兰朵儿"公司的售后人员，希望能更直接地了解顾客的反馈信息。他一口流利的英语加上俊朗的外表，很容易博得对方的信任，她们提到毕夏设计的那个系列时，都说反响平平。

楚君尧把调查表拿给毕夏看。

米荔看着他们头碰头坐在沙发上一页一页地翻阅问卷时，感到心碎了一地。

对于楚君尧来说，毕夏是他整个青春的初恋呀，他对毕夏的珍视早已经超越他和米荔的感情。一直以来，都是米荔一厢情愿，但现在看着楚君尧和毕夏坐在昏黄的灯光下时，他们脸上的静谧温馨的笑容让她有一种岁月静好的感觉。

不，这是他们的岁月静好，而她米荔，就像一个入侵者。

二

新一期的《行天下》杂志出版的时候，沈冬晴有些紧张地翻开杂志，在看到那篇介绍矛郧县古街的文章时，她感到如释重负。

为了这篇文章，一向平和的她和张主任争论了一番。张主任觉得"吊桥断裂"事件已经是矛郧县的污点，他们这个时候再继续宣传会引起别人的反感。而沈冬晴觉得杂志社只要客观公正地将古街的美呈现出来，读者自会做出选择。

"我采访过一户人家，他家唯一的儿子在外面打工，孙子孙女都是留守儿童，这次说是要搞旅游区，他们把儿子召回来希望能够一家团聚，如果那里没有游客再去，那他的儿子只能出门打工……"沈冬晴恳切地说，"吊桥断裂事件只是偶然，并不能否认那里真的很美，当地政府下决心要开发出来，制定了很多利民的优惠政策……"

"现在这个景点都是负面新闻，不能再做宣传！"主任不耐烦地摆摆手，"一篇稿子而已，你又何必太在意？"

沈冬晴见和主任争执不下，想着如果这次不出刊的话，以后就再也不会有机会宣传矛郹县了，无奈之下她跑去找了高主编。

她将她拍摄的照片给高主编看："这里离北京不远，也可以是北京人出游的一个好去处。"

高主编抬起头来："你知道如果我过问这件事了，那你就得罪了张主任！"

沈冬晴沉默一下，然后坚定地望着主编："我没有办法说服自己……"

"这件事我会考虑。"高主编说，"你把照片留给我。"

虽然主编没有当场应允，但沈冬晴想她已经尽力了。

现在看着杂志上登出的两个版面的关于矛郹县古街的介绍，她对高主编充满了感激。

自然地，这件事张主任认定她越级了，对她的态度有了很大的转变，几次莫须有的批评，在安排工作上也对她有所刁难，同事们也对她越发冷淡了，大家都明哲保身，生怕主任的这把怒火会烧着他们。

沈冬晴在杂志社工作得越来越不开心。

"要不我安排一下，请主任吃个饭吧？"肖嘉言对沈冬晴说，"她也就是面子上挂不住，你服个软就好。"

沈冬晴思忖一下，默许了。

"知道吗？主编和主任之间也是有些矛盾的，虽然没有明说，但大家都心知肚明，你的这个稿件就是一个导火线——"

沈冬晴没有想到背后还有这样的隐情。

"之前有个实习生是主任安排的，大约是亲戚关系，原本想要转正，被高主编压住了。"肖嘉言继续说，"你从来没有关注过这些，但其实这中间有很复杂的人事关系。"

"我只想拍好照片。"沈冬晴默默地说。

"工作做好这是本分，但人情世故也是需要调和的，你已经身处在旋涡中间，没有

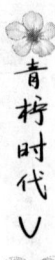

办法避开这些纷争。"肖嘉言语重心长,"最近编委会有所调整,看吧,明争暗斗会更激烈的。"

没过几天,一份检举信就放到了社长的桌上。

信里的内容是关于刊登矛郧县的那篇文章,说采访的记者有受贿的行为。

肖社长勃然大怒,找来高主编和沈冬晴质问:"到底怎么回事?"

沈冬晴也蒙掉了,她根本就没有收过任何红包贿赂,这次的采访图文都是她编辑好直接交给高主编,由高主编签发的。所以这件事也牵涉到了高主编,她也被一并怀疑了。

等沈冬晴回办公室的时候,听到邵伶伶和同事绘声绘色地说:"听人事说面试过了几个月,沈冬晴才来实习,根本没有走正规渠道,完全就是空降——很有可能呀,她和高主编有特殊的关系呢!"

沈冬晴气得握紧了拳头。

"沈冬晴就是没有见过世面的样子,别人一塞红包肯定就跪接了!"另一个同事不屑地说。

"就是,主任都不同意刊发这篇稿件,如果不是拿了别人的好处她干吗去争取?"

"简直就是杂志社的耻辱!"

"高主编这次肯定也得受处罚——"

……

沈冬晴一脸无所畏惧地走过去,第一次当着众人怒斥道:"你们别瞎说!我跟高主编一点儿关系也没有!"

其他同事讪讪地闭嘴,那目光却像锋芒一样刺在她的后背上。

她从来没有想过处理起人际关系来,自己会这样赢弱。她不圆滑不世故,连寒暄应酬之类的她都不擅长,她总觉得做好自己的工作,与人为善就好。但没有想到,她现在竟然成为同事们的公敌,他们谁都可以来踩她几脚。

"那你和肖嘉言呢?"邵伶伶就像准备了很久一样,质问她,"你明知道我和他在恋爱,还私下跟他见面是什么意思?"

沈冬晴悲愤地望着她,觉得邵伶伶面目可憎极了。

"你太不要脸了——"邵伶伶见她沉默,继续咄咄逼人,"我们都被你骗了,以为你毫无公害,但你不仅受贿,还勾引别人的男朋友!"

"你闭嘴!"沈冬晴愤然地抬起手来,指着她,一字一句地说,"我没有!"

办公室那一场风波后,沈冬晴并没有如大家所想的那样辞职。她倔强地出现在办公室，主任已经不再安排采访任务给她，肖嘉言请她一起采访时她同意了，她看着邵伶伶冷寒的目光，变得越发我行我素。

谁也没有证据证明沈冬晴有受贿行为，但高主编还是因为签发了这样一篇稿件在编委会调整时被调到了别的部门，沈冬晴内疚地去找过她一次，还没有等她开口，高主编就说了："沈冬晴，一开始我就知道你是一个心地如明镜的姑娘，我相信你会做得很好。"

沈冬晴是等这一切尘埃落定后辞的职，她知道她不会转正，但她不在乎。

有天薛珊问她："毕业后你有什么打算呢？"

沈冬晴一怔，都快毕业了。她以为大学四年会很漫长，但原来也是弹指之间，发生了那么多事，她都快要忘记了。

三

黎允儿在龙腾大厦楼下蹲守了五个小时，才将从车里刚走出来的曲总给拦下来。

"曲总，我们的货款已经付过了，但设备怎么还没有到？"

"啊，有这回事？"曲总一边敷衍一边朝前走，"回头我问一下售后，再和你联系。"

黎允儿才不会这么轻易放他走，之前她已经电话联系过他很多次，每一次都是他的秘书接听，永远都是"曲总在开会"，她一怒之下就到公司来找他，没想到吃了闭门羹，看来这个曲总是想要赖账了。

黎允儿终于说服几个乡镇做节能环保试点，因为其中一种设备是曲总公司的专利，所以她先期支付了一百万款项定制产品，只等这一批设备到位，他们就开始投入运行。没想到合同签订的一个月到期，这批设备却迟迟没有送过来。

黎允儿急得上火，每一个环节都有时效性，多耽搁一天就表示后期的工作又得重新部署，她催了很多次没有结果，就直接来拦曲总了。

"今天你得给我一个明确的时间！"黎允儿拉住他的手臂，"钱我们已经付过了，你却迟迟不交付设备，这是违约！"

"那你就去告我呀！"曲总冷笑一声，"反正现在没有设备，你要么等要么去告我！"

他无耻的样子让黎允儿气得火冒三丈，怒吼："曲大富，你有没有诚信？"

曲大富把她的手一甩，示意旁边的保安把黎允儿赶出去："你一个黄毛丫头跟我斗还嫩了点儿，该干吗干吗去！别在这里给我添堵！"

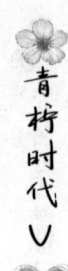

"人渣!"黎允儿气得浑身发抖,但她无可奈何地被保安拖着丢出了大厦,只能跺脚,欲哭无泪地离开。她知道自己掉进了曲大富的陷阱,当初签订协议的时候她根本就没有在意违约金的数额,想着她和曲大富是长期的合作,她出钱买他的设备,他的设备有人买还不赶紧交货?

她一筹莫展,打官司就算争取到赔偿,那她的损失也很惨重。

那天晚上她跟何晨宇聊天的时候,噼里啪啦一阵抱怨,何晨宇也怒了:"敢欺负你,我这就去收拾他!"

黎允儿心里一动,她也萌生了这个念头。

她是气狠了,这个曲大富当她是黄毛丫头戏弄,她就让他看看她的厉害——这件事她没有告诉父亲,当初签协议的时候她也是太过自信,自己拿着公章就盖了。

后来接到姚元浩的电话时,黎允儿怒不可遏地说起曲大富的恶性:"我就找几个人去把他打一顿,反正他一副天不怕、地不怕的样子……"

"你冷静点儿!"姚元浩竭力地说,"万万不可这样,会触犯法律!"

"大不了和他同归于尽!"黎允儿气恼地说,"你没看到他那个样子,张狂得肆无忌惮!"

"黎允儿!"姚元浩正色道,"你怎么可以变成这样?"

"我怎样了?"

"总是想着歪门邪道……"

"你高尚!你正直!"黎允儿觉得胸腔都快炸掉了,她口不择言,"你在象牙塔里现世安好,而我是在真枪实弹地生活,你懂什么?你有什么资格指责我评价我?"

"对不起——"姚元浩也知自己说得太重了,想要息事宁人,"我只是希望你能冷静一下。"

"我现在火烧眉毛了,能冷静吗?"黎允儿几乎是在咆哮,"你什么都帮不了我,我是鬼迷心窍才和你在一起!"

说完这句她已经后悔了。

吵架的时候,只想在言语上将对方重创,让对方落败。

她变得快不认识自己了。

"我知道你最近压力大……"姚元浩缓缓语气,"允儿,事情会解决的,你别急。"

虽然他们没有再继续争吵下去,但依然带着不愉快挂掉了电话。黎允儿扑在床上,好一会儿才发现自己泪流满面。

最初的那些美好，那些快乐，现在变得很遥远了，原来横隔在她和姚元浩之间的，不是没有爱，而是这爱太过盲目了，他们的性格，他们的观念，他们对未来的设定，都有那么多不同。她讨厌他的中庸之道，厌倦他的温吞理性，特别是在她面临棘手的问题时，他给出的意见只会让她觉得失望。

如果时光能够倒流，如果他们在微醺的年纪相爱，纯粹而简单，那会不会更快乐些？

此刻的她已经感觉到这场恋爱岌岌可危了，她倔强着不肯去修复，也没有冷战，只是再打电话时没有那种激动澎湃的心情了。

她自然不会真的找人收拾曲大富，无奈之下她去找了高志翔。

"高老师！"她在下课后举着一张优惠券说，"附近咖啡馆的招待券，免费的。"

高志翔扫了她一眼，觉得她殷勤的笑容很可疑。

"有事求我？"

黎允儿双手高举头顶谄媚道："我现在处于生死存亡之际，恳请高大师给我个明示！"

高志翔瞪她一眼："当初你可是气焰嚣张得不得了，当众从我手里抢走项目书，现在倒是低眉顺眼了起来。"

"您大人不记小人过——"

黎允儿看着高总往前走，以为被他拒绝，沮丧不已。

"快走呀！"高总回转身说，"给你半个小时的时间。"

坐在咖啡厅里，黎允儿噼里啪啦地说起曲大富违约，不给她设备的事，她依然气愤不已："他怎么可以这么无赖？钱给了设备不到，还直言让我去告他！"

"那批原本应该给你们的设备呢？"

"不知道。"

"我猜应该是有人出了高价买走，所以他才不惜与你翻脸。"

"可他为什么这么做？"

"利益驱使。"

黎允儿顿悟。她想起之前欧洋母亲的种种，心里一阵胆寒，难道又是她从中作梗？如果真的是她揣测的这样，那没有关键设备，她的节能项目根本无法推广，所有的一切都付诸东流。

"我该怎么办？"黎允儿苦着脸，已经快要哭出来了。

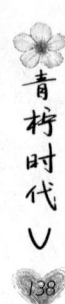

"这件事可以解决。"高总停顿一下,卖起关子,"你怎么报答我呢?"

黎允儿一急,脱口而出:"除了以身相许,其他都可以答应你!"

高总嫌弃地笑了:"我可不要你以身相许,这样吧,你就假扮我女朋友……"

原来高总离婚三年,因为并未张扬所以知道的人不多,但他的母亲已经七旬,总想给儿子再找个媳妇,成天跟他念叨这事,他也是刚刚突发奇想,希望黎允儿假冒他的女朋友,让他母亲别再成天逼问他了。

"你这年纪——"黎允儿白他一眼,"应该找个靠谱点儿的,大龄或者离异!"

高总笑了:"现在的大叔都喜欢小萝莉!"

"我不是萝莉,你可别对我有非分之想,我有男朋友——"

"你也别多想,就因为你有男朋友,我才免得惹麻烦!"

黎允儿"哧"一声:"我喜欢的可不是你这款!"

说着她举起手来,和高总击掌为盟,达成共识。

事情很快就得到了解决,高总找他朋友的公司帮忙,由他出面和曲大富签订协议定制一批设备,因为要得很急,他出了比市面高出百分之二十的价格,曲大富笑逐颜开地同意了。协议经过律师过目,在违约这项着重标注,所以曲大富根本就不能推脱。

几天后黎允儿要的设备就送到了工厂,虽然她为此多花了几十万,但比起之前预计的损失已经好太多,再加上她找曲大富打官司,还会收回一部分成本。

设备到的那天黎允儿特别高兴,她给高总打电话说请他吃饭,他说好,然后给了她地址,让他去那里。

黎允儿一看:"这不会是你家的地址吧?"

"还算有点儿脑子!"

"你——"

"别瞎想,我妈说想见见你。"

黎允儿这才记得答应要帮高总一个忙。

"算了,怕你找不到,一会儿我去你公司接你。"

"说好,我可就假装这一次!"

"你想转正也没机会!"高总在电话里爽朗地笑,"我没那么饥不择食!"

这句话在黎允儿听来有些刺耳,但因为事情圆满解决,她也就不去计较了。

只是黎允儿没有想到,她会因为这件事和姚元浩分手。

她曾经那么热烈地喜欢他,整颗心都在为他颤抖,可是"分手"这样的话怎么又会那么轻易地说出来呢？是她累了，还是她厌了呢？

那个晚上她在高总家"表演"得滴水不漏，高总的母亲对她并不特别满意，大约觉得她年轻又不太贤淑的样子，她告辞的时候高总说送她回家，她同意了。

他们一路上聊得不错，下车的时候他绕到副驾替她开车门，她因为穿着高跟鞋跟跄了一步，高总扶着她的时候，她听到父亲微微地咳嗽一声。

再一转身，她看到身后站着父母和姚元浩。

他们的目光都落在她身上，准确地说是高总扶在她腰间的手上。

"你们怎么都站这儿？"黎允儿站定，心里没来由地慌。

"我跟你爸出来散步，遇着姚元浩，他陪着我们——这位？"

"高总。"黎允儿急忙介绍，"他是宜信创投的老总。"

"你好！"黎浩天淡淡地说，"高总是否愿意到寒舍小坐？"

"不叨扰了，下次再来正式拜访！"高志翔特别留意了一眼姚元浩，心里想，这个男生书卷气太重了，和黎允儿倒是不搭。她这种豪气冲天的性子应该有更霸气的男生才降服得了。

高志翔离开后，母亲责备地瞪了黎允儿一眼："小姚等你好一会儿了，可你怎么把手机关机了？"

"啊？"黎允儿拿出手机，讪讪地说，"没电了。"

"我跟你妈先进去了。"父亲对黎允儿说，"一会儿到书房来找我。"

黎允儿知道父母都误会了，不，姚元浩也误会了。他们觉得她能拿到宜信创投的风险投资不是凭借实力，而是走了捷径。

从一开始他们就反对，现在他们又来误会她，这让黎允儿心里很不好受，对姚元浩也心存怨气。

这个夜晚，天空中是一如既往的冬夜的月亮，却显得特别冷峭苍白。

独处的时候，姚元浩拉过她的手，轻声地说："我们不要吵架了好吗？"

黎允儿心里一软，瓮声瓮气地说："是你找我吵的！"

"别生气了！"姚元浩说，"我已经订好了机票，寒假的时候我们去旅行吧！"

"旅行？"

"去雪乡，你不是说想去那里？"

"我只是顺口那么一说。"

"给自己放个假吧，最近太辛苦了。"

"可我没有时间！"黎允儿歉疚地说，"设备刚到，我还有一堆的工作。"

"允儿！"姚元浩恳切地说，"我已经安排好了，想给你一个惊喜！"

"你以为我还像学生那样闲呀！"黎允儿声音不悦，"我的工作是几百万的项目，停一天损失会非常大的！"

姚元浩顿住，抿了抿唇，忍不住说："可是你有时间去上他的课，和他一起……"

"高总帮了我很多！"黎允儿突然觉得姚元浩太不可理喻了，她每天都为工作焦头烂额，他却在这里胡乱吃飞醋。

"我确实不能为你做任何事……"

争吵就像一个恶性循环，让他们将仅有的美好给撕碎，吵到最后黎允儿嚷嚷着"那就分手吧"，她说这句话的时候完全是赌气，她心里是想让姚元浩来哄哄她，可他沉默了片刻，然后转身走掉了。

黎允儿在夜色里哭了许久，她想起过往，想起她往他桌上放早餐时他面红耳赤的样子；想起她无数次对他表白他如小鹿般逃脱的目光；还想起他们第一次牵手心乱如麻的时刻……青涩的时光就像一滴露水，可是那些美好怎么都荡然无存了呢？

恋爱不是让两个彼此喜欢的人变得更好吗，为什么会生出那么多的怨怼和指责呢？

走了这么远的路，他们才走到彼此的面前，但为什么又是要分离的结局呢？

那些天他们没有联系，黎允儿有天忙到深夜拿起手机时，看到上面姚元浩的一句话：我想和你去看一场雪，黎允儿，我在机场等你。

再看看时间，飞机已经起飞了，她错过了和他去看一场雪，也许就错过了给彼此转圜的机会。

她以为她已经变得很坚强了，但一种突然而来的痛还是让她感到悲恸，她蹲下去，抱住自己的肩，潸然泪下。

四

毕夏听到黎允儿说她和姚元浩分手的事，震惊了。

"就是吵架，过几天就和好了。"毕夏宽慰道，"他性子那么好，一定是被你逼急了，你道个歉吧，毕竟这么多年的感情。"

"我跟他也许真的不合适。"黎允儿在电脑前敲字的时候又湿了眼，虽然是她提出的分手，但现在过不了这道坎的也是她，心里难受极了，面子上还在逞强。

"你们就都先冷静下吧。"毕夏也无计可施。

"我现在忙得要死！"黎允儿匆匆忙忙地说，"马上要出差，我得去收拾行李。"

和黎允儿聊天后，毕夏感到有些疲倦，她起身去煮咖啡，然后接到了"兰朵儿"老总的电话，问她考虑得怎样了，是否愿意跟他们签订长期的协议。

"我想我还是没有能力接下这份工作。"毕夏停顿一下，"谢谢你的好意，也替我转告穆先生，谢谢他的好意。"

"你怎么知道的？"对方很错愕。

"我去过专柜，我的系列好像并没有那么受欢迎。"

对方一时语塞："虽然是这样，但我们有渠道能销售出去……"

"这些额外的业务你们可以不用接。"

"那和穆先生的合作——"

"这是你们自己的生意，你和他谈吧！"毕夏淡淡地说，她已经了解穆锡的行事作风了，一定是给了"兰朵儿"公司别的好处，对方才同意来找她这个"附加条件"。

毕夏心里感激穆锡，他总是想要给她搭一座桥，可是她并不能坦然地接受他的好意。

过了几天，楚君尧拿了本杂志来找毕夏，疑惑地问道："你看，这不是你的设计吗？"

毕夏认真看了一眼，确实是她的设计。还是当初在Kleine的工作室工作时，她所画的图纸，现在Kleine简单改了几处就变成了他的作品。

"我这就给杂志社打电话投诉他。"楚君尧义愤填膺，"幸好我之前看过你的作品集所以一眼认得，不知道他剽窃了你多少作品。"

"他能看得上说明我的作品不差呀！"毕夏笑了，"由他去吧，我都不生气。"

楚君尧一怔："这可不像你的风格。"

"我？什么风格？"

"非黑即白。"楚君尧认真地说，"现在的你平和了许多。"

毕夏无奈地笑了："也许是我变得胆怯了——"

两个人正聊着，米荔带着她新出炉的饼干敲门，见着楚君尧，脸色一变。

"我正准备去找你。"楚君尧毫无察觉，"正好，一会儿一起吃晚饭吧。"

米荔觉得有什么压了下来，压得她有了粉身碎骨的感觉，一种深切的痛楚蔓延得到处都是，她昏昏沉沉地将饼干递给毕夏，虚弱地说："不了，我约了人。"

她转身就走，惹得屋里另外两个人相视一眼。

"快追呀！"毕夏不由得说，"你独自来找我，她肯定误会了！"

楚君尧这才察觉米荔的异样，抬脚就去追，他看着米荔小小的背影靠在楼梯间，几乎摇摇欲坠——这一刻他心疼极了。

"米荔。"

楚君尧温柔地唤了一声，米荔几乎是同时别过面孔，脸上淌满了泪。

楚君尧走过去将她揽进怀里，轻声解释："不是你想的那样——"

米荔伏在他怀里，压抑地咬住嘴唇不让自己哭出声来。她想的哪样？她一直忽略楚君尧对毕夏的好，一直指责自己小心眼又善妒，但事实一次次地证明，毕夏对楚君尧来说，更加重要。在球迷骚乱的那晚，他忘记了等待的自己；在毕夏遇到问题的时候，他会第一时间替她解决；他们三个人一起吃饭的时候，他也只记得毕夏的口味……自己来到这里，亲眼见证的不过是楚君尧对毕夏的余情未了。

她从来不愿意为难任何人，也许她现在为难了楚君尧——

"米荔！"楚君尧笑着说，"我来找毕夏是因为一本杂志，有人剽窃了她的作品。"

米荔根本听不见他的解释，在她心里只有即将失去的痛楚。

那天晚上下了整夜的雨，米荔站在门口看着楚君尧乘出租车走的时候朝他挥了挥手，隔着深色的玻璃窗，她根本看不到他的表情和动作，不知道他是否对她有回应。

米荔向外跨出去一步，走到了屋檐外面，冰冷的雨水打在她的额头上，让她觉得有什么清醒了过来。

整个马路都是湿的，还有她的脸。

米荔第二天就搬走了，她没有将新住址告诉任何人，她给楚君尧发了一条短信：

楚君尧，我不想再为你流泪了，唯一的方法就是远离你。

楚君尧收到这条短信时怔住了，他去米荔家找她，人去楼空；他去学校找她，她也避而不见。原来米荔是如此决绝，她一旦下定决心就只会贯彻到底。

"我去找她谈谈。"毕夏愧疚地说，"她一定是误会我们了。"

"算了！"楚君尧赌气地说，"我又不是第一次被人甩了！"

这句话此时说出来有些搞笑，毕夏不满地说："是你甩了我。"

楚君尧自知理亏，嗫嚅着说："难道你要记我一辈子的仇？"

"你可没那么大魅力！"毕夏白他一眼，"还是想办法怎么和米荔和好吧。"

"真是不明白你们女生是怎么想的。"楚君尧愤懑地躺在毕夏家的沙发上，气恼地朝空中蹬脚，"都已经解释过了，可她一声不响地就搬走了！"

"那你呢？"毕夏问，"你告诉过她你喜欢她吗？"

楚君尧一怔，好一会儿才闷闷地说："其实我也不知道……和她在一起觉得还不错,她总是大大咧咧的,令人轻松、愉悦、舒服。"

"也许时间会告诉你吧!"毕夏深沉地说,"时间会让你知道你是不是真的喜欢这个人。"

楚君尧沉默下来,觉得有些心烦意乱,他搞不清,这是因为他一时不习惯米荔的离开,还是因为他很喜欢米荔呢?他原本就不是一个善于处理感情的人,有时候甚至拖泥带水,举棋不定——他就是一个智商和情商不成比例的笨蛋,所以在米荔离开后,他并没有去纠缠,两个人竟然一下就失去了联系。

五

裴雨阳是从蔡雅那里得知,杨美清已经在瑜伽老师那里正式学习了。瑜伽老师根据她的身体情况制订了一个训练计划,进展得还算顺利。

"许易还真是有办法!"裴雨阳啧啧赞叹,"回头我得好好感谢他!"

"我看他是醉翁之意不在酒。"

"论文?"

"也不仅仅是论文。"蔡雅笑了,"他好像热心过头了,几次都撇开我们单独去见杨美清,他说是为了治疗效果,但我没见他对其他哪个患者这么用心。"

裴雨阳有些警惕:"他会有什么目的?"

"他那点儿心思,你还看不出来?"蔡雅白他一眼。

但裴雨阳迟钝,根本不明白她说的"那点儿意思"是什么意思,许易是因为将杨美清当作"特殊案例"研究,还是因为她优渥的家境才接近她呢?毕竟是他将许易带入杨美清的生活里,所以他有些不放心,下班的时候去许易的心理咨询室找他。

"我得赶紧走,要接杨美清去瑜伽老师那里——"

"许易。"裴雨阳走到他面前,逼视他,"你对杨美清的事怎么这么在意?"

"我喜欢她。"许易也不躲闪,慢悠悠地说,"没你想的那么居心叵测,一开始我只是想写一篇关于偏执型人格的论文,但接触了几次我发现美清很特别。"

裴雨阳盯着他,想从他的眼里看出真假。

"她根本不喜欢你……她只是在这种悲情中不肯自拔罢了。"许易笑着说,"我可以帮她——"

有患者推门而入,看到两个大男人剑拔弩张的气氛,一怔,又赶紧退了出去。

许易转过身朝办公桌走去,裴雨阳跟着他追问:"你是真的喜欢她?"

"难道就不能有人喜欢她?"

"可她——"

"在你眼里，她讨厌、可憎，哪儿都不好。"许易耸耸肩膀，"可我觉得她挺可爱的。"

裴雨阳突然越过书桌揪住他的衣领，认真地威胁："我不知道你心里到底怎么想的！但我警告你，最好目的单纯些，如果你敢伤害她——"

"明明伤她心的人是你！"

"别拿我和你相提并论！"

"你继续。"

"如果你敢伤害她，我不会放过你！"

许易叹口气："你该不会因为一有人跟你争，你就发现她的好了？"

"少拿你心理咨询师的那一套来对付我，总之，你最好是认真的。"

"百分百的认真！"

裴雨阳松开了许易，却对他的话半信半疑，他回头去问蔡雅，她说青菜萝卜各有所爱，也许许易喜欢的就是杨美清那种类型。

裴雨阳却依然有些介怀："如果杨美清知道许易当初接近她的原因，会原谅他吗？"

"他会搞定的！"蔡雅笃定地说，"女生一旦喜欢一个人，就会变得什么都介意，又什么都会原谅。"

裴雨阳却不那么乐观，杨美清真的会喜欢许易吗？

"如果……"裴雨阳还想要继续问，突然间眼前一黑，在蔡雅的惊呼声里一头栽在了地上。

当裴雨阳醒来的时候，看到的是蔡雅关切的脸。

原来他在公司里晕倒，是蔡雅和同事七手八脚地把他送进医院里。起初他觉得是因为最近太累了，他在赶一个剧本，五万字一集交上去被删得只剩下五千字，编剧老师特别苛刻，说情节不出新、对话太冗长、人物关系也不够复杂……他每天改得昏天黑地，身心都被透支。

虽然工作很辛苦，裴雨阳却有和它杠上了的感觉——做的是自己感兴趣的事，所以没有一点儿怨言。

但医生不放他出院，给他做了全面的身体检查，得出的结论是他颈椎血管壁窄，这会造成他很容易因为供血不足而昏倒。

"怎么会有颈椎病？"蔡雅拿到检查结果，皱眉，"你还这么年轻。"

"说的好像得了绝症！"裴雨阳没好气地说，"不就是一个颈椎病！"

"你可不能忽视！"蔡雅正色道，"你今天是在公司里晕倒，如果是在马路上呢？或者是在地铁站、河边？如若发作那不是会……"

蔡雅没有说下去，眉头蹙得更紧了，他们这种伏案的工作，颈椎病就是职业病，但医生说裴雨阳的血管壁窄这个是先天的，只是因为长时间的工作诱发了症状，所以他并不适合这种对着电脑的工作。

"我没那么倒霉！"裴雨阳想要站起身，却感到一阵天旋地转，感觉自己快要呕吐了。

蔡雅见他这样，着急地喊："你快别动了！"

"对了，我刚才给沈冬晴打了个电话。"蔡雅想起似的说。

裴雨阳瞪着她，心里却对她的行为大为感激。

"你不是晕倒了吗？我怕你有个三长两短，万一来不及跟她最后告别——"

"呸，你别乌鸦嘴了！"

蔡雅当时真的吓住了，她想给他家里人打电话又怕吓着二老，慌乱间就用裴雨阳的手机打给了沈冬晴，告诉她，裴雨阳晕倒了。她也想着就算他的晕倒只是偶然事件，那么也许可以成为一个契机，让他们俩的感情更为牢固。

"那你问你自己，你想不想她来？"

"废话！"

"所以，你就好好躺着吧，我回公司给你请假！"蔡雅笑，"如果杨美清的事能够解决，你和沈冬晴就一点儿障碍也没有了，肯定能稳稳地幸福下去！"

裴雨阳羞涩地笑了，他望着蔡雅，由衷地说："谢谢你！"

"我当你是弟弟呢！"

蔡雅真有个弟弟跟裴雨阳年纪相仿，只是因为父母离异，姐弟俩被迫分开，所以在她心里，觉得和裴雨阳特别投缘，也就对他的事特别上心了。

因为裴雨阳还在打点滴，所以她一直在病房里陪着他，当沈冬晴出现在病房的时候，看到蔡雅正坐在裴雨阳的床边，将一瓣剥好的橘子递到他手里，他们两个人的脸上都带着温润的笑意，她的心中竟然有些醋意。

"冬晴！"裴雨阳一见到立在门口的沈冬晴，两眼放光，恨不得立刻走过去抱住她。

蔡雅也起身："没想到你来得这么快！"

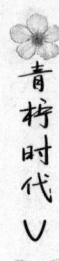

沈冬晴心里有些黯然——原来裴雨阳的身边从来不缺照顾他的人。

"你好,我是蔡雅!"

"沈冬晴。"

沈冬晴深深地望了她一眼,她有着一张健康蓬勃的娃娃脸,肤色红润饱满,一看就是那种好性格的女孩。

"那你们聊,我功成身退。"

沈冬晴突然说:"我不能停留太久,学校还有事——"

"不是寒假吗?"蔡雅脱口而出。

沈冬晴抿抿唇:"是兼职的事。"

"可是——"蔡雅已经注意到裴雨阳满脸的失望,她拽着沈冬晴的手,"来,我跟你说说他的病情,可严重了!"

"喂!"裴雨阳看着蔡雅不由分说地带走沈冬晴,在她们身后嚷,"有什么不能说给我听?我的病情我有权利知道!"

在走廊的尽头,沈冬晴紧张地问:"他的病——"

"是你误会了。"

"什么?"

"我也是女生。"蔡雅轻浅地笑了,"你刚刚误会我和裴雨阳的关系了,事实上我们是同事,是朋友,我当他是弟弟!"

沈冬晴羞赧不已,在和裴雨阳的关系里她一向没有自信,所以每一次他们有误会她都选择了沉默——这一刻她仿佛又成为十六岁的自己,卑微、怯弱,患得患失。

"他对你是认真的!"蔡雅继续说,"去看看他吧。"

沈冬晴突然对这个女生充满了好感,她果然如裴雨阳说的性格极好,她不会给人一种压力,不会让人觉得过分热情或者过于冷淡,她温暖得像一束光。

沈冬晴走进裴雨阳的病房时,他像惊弓之鸟般将她狠狠地揽入怀里。

"我还以为你走了。"裴雨阳委屈地说。

她拍着他的后背安抚:"我会留下来陪你。"

他难以置信地望着她笑,那笑容暖得让她几乎落下泪来。这个少年,他一直都在,不管她有怎样百转千回的心事,他始终执着地等待着她。

她重新伏在他的胸口,听他"咚咚"的心跳声:"我们回乌石塘村吧。"

"真的?"

"很久没有回去了,一个人怕没有勇气,不如你陪我?"

"是不是蔡雅跟你说我这个病要静养一段时间？"裴雨阳笑，"不管去哪里，和你在一起我就是静养了！"

当裴雨阳带着沈冬晴一起回家时，他的父母又惊又喜，特别是周媛，拉着沈冬晴左右打量："出落得越发漂亮了！"

她已经从心里接受沈冬晴了，这么多年过去，儿子竟然一直没有变心，这份执着倒让她对儿子很满意，私下里跟丈夫说，他对感情这么认真，是个好孩子。

裴向成对沈冬晴也是赞不绝口，这个从小渔村走出来的女孩，坚强，大气，而且她一直都单纯善良，不忘初心。

"以后这里就是你的家！"周媛私下里对沈冬晴说，"阿姨以前反对你们是因为觉得你们太小，但现在阿姨非常希望你能成为我们家的一员。"

沈冬晴的脸不由得红了。

"我和你裴叔叔就雨阳一个孩子，一直希望他能回到我们身边来。"

沈冬晴迟疑地说："他挺喜欢现在这份工作。"

"可是他不适合做这种工作呀！"周媛叹口气，"虽然他说得很轻巧，但我是医生，我自然知道颈椎血管壁窄是无药可治的，就算做剥脱手术，也不能完全治愈，还会有后遗症。所以他根本不能从事需要长期伏案的工作，这样只会加重病情，如果出现输送血液不足，会毫无预兆地休克！"

沈冬晴没想到会这么严重。

"我最怕的是他一个人在外面，如果再一次晕倒……"周媛眼眶红了，"没有人在身边照顾他是很危险的。"

"可是我怕说服不了他。"

"只有你能说服他。"周媛握紧她的手，恳切地说，"只要你毕业后肯回来，他就会回来。"

"我？"

"对，你在哪里，他就一定会在哪里。"

"可是我——"

"冬晴，阿姨拜托你了！雨阳需要有人照顾他，更需要治疗……"

沈冬晴为难地垂下眼。她没有告诉裴雨阳，她从《行天下》杂志社辞职后，报名了中国和联合国教科文组织的两年援非志愿者活动，这个活动是致力于给当地提供教学方面的志愿服务。

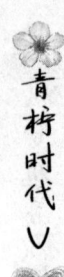

她是那种不善于与人打交道的性格，在旁人眼里会觉得特立独行又心意执着，所以她做出这样的决定，薛珊并没有觉得意外。

而周媛以为她是放不下北京的工作："阿姨知道你很能干，在那个很出名的杂志社做记者，如果你肯回来，工作上的事阿姨一定会尽力让你满意。"

"不是这样的——"

"那你是不是还在记恨我们？"

"没有！阿姨，真的不是因为这个。"沈冬晴沉吟，"我会跟裴雨阳说的。"

这时裴雨阳站在门口朝里面望："你们在说什么呢？"

"是担心妈妈欺负她吧？"周媛从抽屉里拿出一个盒子交给沈冬晴说，"这是我结婚时我婆婆送的手镯，现在转送给你！"

沈冬晴局促地站起身，涨红了脸："不，太贵重了，阿姨……"

"早晚都是你的！"

裴雨阳从母亲手里接过来，打开盒子拿出那只青碧温润的手镯就要往沈冬晴手上戴。

"不，不行！"沈冬晴又急又窘。这一刻她已经觉得后悔了，她的人生计划里好像从来没有为裴雨阳想过，考北京的大学、留在北京工作或者是去非洲，每一个决定都是她自己做主。那么裴雨阳呢？如果他知道她一走两年会恨她吗？

裴雨阳不忍她为难，把手镯放回盒子里："那我先替你收着。"

沈冬晴在心里松了一口气，看着裴雨阳殷切体贴的样子，她眼里涌上泪来。

她在裴雨阳家里住了几日，重新回到当年住过的房间使她内心复杂，那时候的她受尽保姆徐阿姨的冷眼和恶语，也是因为裴雨阳护着她，和父母闹得很不愉快。现在看着他们一家三口其乐融融的样子，她感到了一种久违的家的温暖。

几天后，裴雨阳陪沈冬晴回了乌石塘村，她去父母坟前哭了一场，好在有裴雨阳陪着，否则她的心绪会更痛楚。

物是人非。

村里的亲人见到裴雨阳，目光里都带着喜悦的深意。

"这后生不错！"二叔笑，"有礼貌又和善。"

"长得俊！"二婶说，"冬晴，等办事的时候二叔二婶来给你操办，不会让你受委屈。"

裴雨阳望着沈冬晴嘿嘿傻笑，后者垂下眼，心里涌上酸楚。

每天早晨，裴雨阳都会去"咚咚"地敲沈冬晴的房门："快起来啦！"

"天还没亮呢！"

"可我迫不及待地想见你。"

"裴雨阳，你就不能让我多睡一会儿？"

"日出！"裴雨阳急匆匆地说，"我们一起去海边看日出吧！"

"冬天看什么日出？"

虽然沈冬晴抱怨着，但还是哆哆嗦嗦地和裴雨阳来到海边，他解开他的羽绒服将她紧紧包在怀里，他们就那样看着晨曦从海平线上显露出来，一轮红彤彤的太阳缓缓升起——这一刻每每到来，都让他们屏住呼吸，有种重生的感动。

看过日出，他们会去爬山，晨雾缭绕中，有种世外桃源的感觉。他会摘一把芦苇送她，会坚持背她一段距离，也会大声地唱歌，或者把手圈起来放声大喊："沈冬晴，我喜欢你！"

远山里有回音："喜欢你——喜欢你——"

 第九章

回望灯依旧

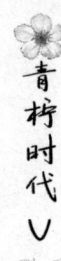

一

毕夏在机场翘首以待，心情急切激动，她几次深呼吸想让自己怦怦乱跳的心镇定些——这个新年母亲说要来米兰陪她几日，一并前来的还有陆怀箫。

她想了下，从斜挎包里翻出一枚红珊瑚的银耳环戴上。

当她远远地看着母亲和陆怀箫随着人流朝她走来时，感觉整个米兰的潮湿瞬间蒸发，她的心变得安静明亮，就好像回到最初的霁月清风的时期。

陆怀箫一眼就看到了毕夏，她穿着淡蓝色棉布裙子、朴素简单的白羽绒服，气质清纯美好，让他的心温柔得不像话。

"妈妈，路上还顺利吧？"毕夏迎上去，抬手和母亲拥抱。她已经一年没有见到母亲了，付文博因为伤人罪被判入狱三年，母亲搬回别墅住后去拜了师傅学京剧，这是她年轻时候的爱好，后来因为和父亲创业就把这个爱好给放下了，现在得了空就捡拾了起来，只为了让生活不那么孤单。

节假日的时候陆怀箫会去探望毕夏的母亲。在沈梓瑜心里已经把陆怀箫当成儿子了，这么实诚稳重的男孩，是值得毕夏托付终生的，只是她去问毕夏时，她总是含糊其词，再问陆怀箫也是笑而不语。她心里为他们这种状态着急，所以这次来米兰看毕夏她去问陆怀箫是否能陪同，她说她一句英文也不会，心里犯怵。陆怀箫一口答应了。

沈梓瑜心里暗喜，她想着这次去米兰一定要撮合他们俩。

"有怀箫陪着自然很顺利。"沈梓瑜望了他们俩一眼，揶揄地说，"现在我们也算一家团聚。"

毕夏浅笑，低低地对陆怀箫说："谢谢你陪我妈来。"

"客气什么，"沈梓瑜继续说，"我把怀箫当儿子，你不在的时候多亏他了。"

他们一同前往毕夏的住所，沈梓瑜有些嫌弃毕夏住的楼太旧，漆成红颜色的楼梯已经被踩掉了油漆，更显得粗糙，她不满地说："为何不找个更好的公寓住？"

"这里很安静，离学校也不远。"

陆怀箫话不多，他之前来过米兰，对她的学校和公寓都熟悉了，只是那一次这里住着楚君尧，现在看起来，他似乎已经搬走了。他的心中有些说不出的艰涩。

"阿姨，您休息会儿。"陆怀箫说，"我去找个酒店，晚一点儿来接你们出去吃饭。"

"这里有两个房间，何必去住酒店呢？"沈梓瑜摆摆手，"别那么麻烦了，你住一间，我和毕夏住一间。"

陆怀箫还想说什么，毕夏已经先说了："房间已经收拾过了，你就住下吧。"

沈梓瑜大喜过望，笑着说："怀箫，别推辞了。"

"一会儿就在家里吃吧。"毕夏说，"我去附近超市买点儿菜，你们休息下。"

"怀箫，你陪着她吧。"沈梓瑜吩咐说，"你们也很久没有见了。"

陆怀箫和毕夏走在马路上，刚刚下过雪，白雪覆盖着脚下的草地，草还是绿色的，上面结了冰碴儿，踩上去咔嚓作响，两个人之间却是沉寂无语。

好一会儿后陆怀箫问："都好吗？"

毕夏点头，侧过身问："你呢？"

突然旁边一辆汽车轮胎打滑朝他们这边侧冲过来，陆怀箫一个闪身将毕夏紧紧地揽进怀里，而汽车在撞上隔离带时及时地刹住了。

他们谁都没有动。

毕夏静静地伏在陆怀箫的怀里，感觉到一种绵长的安宁。原来她是思念他的，只是她不是那种热烈的性格，她把这种感情收拢起来放在了心底。她清冷的个性总是会让人觉得她是一个理智决绝的女生。她意志坚定，目标明确，她只想要取得学业和事业上的成就，其他她根本不会去考虑。

就连陆怀箫也觉得，毕夏对他只有朋友之谊。

此时此刻，陆怀箫的心绪激动澎湃，他从来没有这样试着把她紧紧揽入怀中，他舍不得松开，贪婪地留恋这样的时光。

毕夏慢慢地推开了他，掩饰地笑："那司机应该吓坏了。"

他转身去看，那司机果然正伏在方向盘上，好半天没有动。

毕夏和陆怀箫相视一眼，均笑了起来。

陆怀箫在米兰待了十来天，那些天是毕夏和陆怀箫相处最多的时光了，因为母亲总是将他们赶出门，让他们自己去安排节目。他们一起去市场购物，去大教堂祈祷，去旧书店浏览……晚上围坐在壁炉前读小说、做智力题或者看她画的设计图。

他们俩都是安静的性子，也都喜欢这样慵懒安闲的活动，每每目光触碰，彼此都会绽放一抹默契的笑容，温馨而妥帖。

陆怀箫的厨艺也好，每天早上都会准备好早餐，连煎鸡蛋都能摆出可爱的造型，让人赏心悦目。沈梓瑜更是越发喜欢陆怀箫，恨不得立刻就让毕夏表态。

"再也找不到比他对你更好的男生了。"母亲私下里对毕夏说，"可得珍惜。"

"这样不挺好吗？"

"难道你就只想跟他做好朋友？"

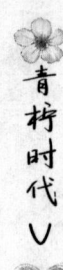

"顺其自然吧。"毕夏淡淡地说。

待了几日正好是西方的情人节,沈梓瑜订了一家颇有情调的餐厅对陆怀箫说:"阿姨今天有别的安排,你带着毕夏去吃晚饭,晚点儿回来也没有关系。"

正说着的时候,有敲门声响起。

沈梓瑜还以为是毕夏没有带钥匙,笑着打开门,一看是个陌生的男生,显得颇为意外。她见楚君尧已经是几年前了,那时候他还是青葱的少年,现在的楚君尧更高,也沉稳许多,他穿着烟灰色的大衣身形挺拔磊落。

沈梓瑜也得承认面前的男生无论外形还是气质都非常出色。

"阿姨您好,我是楚君尧。"

沈梓瑜还在怔神,下意识地问:"你是——"

"毕夏的高中同学。"

"哦——"沈梓瑜不由得看了陆怀箫一眼,想起来了,那个总是年级第一,也曾经被毕夏无数次提到的名字。

"陆怀箫,很久不见。"

楚君尧打量着陆怀箫,后者颔首,两个人的神色都很淡。

"毕夏需要的一些工具书,我给她送过来。"

"那请进来坐,毕夏马上就回来。"沈梓瑜客套地说,语气里并没有多少诚意。

"阿姨,麻烦您转交给她吧。"楚君尧站在门口寒暄几句然后离开,他也看出毕夏母亲护着陆怀箫了,心里有复杂的情绪,他对陆怀箫总有几分抵触,也许他们的相识太不愉快。他总觉得对方城府太深,心思太重,对毕夏的目的有些不纯。

也许连他自己都没有想明白,是因为毕夏母亲的态度,让他有些嫉妒陆怀箫。

毕夏回来知道楚君尧来过,沈梓瑜将她拉进房间,追问:"他怎么也在米兰,你们是不是在谈恋爱?如果是这样,怎么不早点儿告诉我,让陆怀箫见着多尴尬。"

毕夏解释:"我们只是朋友——"

那天和陆怀箫一起去餐厅的时候,她原本也想向他解释,可他没有问,她主动说出来显得太刻意了。而陆怀箫也不愿意让毕夏为难,所以那一餐吃下来,两个人越发沉默了。

因为情人节,餐厅里的气氛多了些缠绵,小提琴的音乐婉转悠扬,璀璨的灯光下,陆怀箫深情地望着毕夏,觉得有这一刻的美好就足够了。

"他是谁?"穆锡突然从天而降,满心嫉妒地质问毕夏。他接到朋友发来的照片,戏谑地说他上次求婚的女孩正和别人卿卿我我。他明知道这是她的自由，但依然克制不住自己的冲动，追到餐厅来看。

陆怀箫不由得起身，想要挡在毕夏的面前，穆锡的公子哥脾气被激怒："我在跟她说话！"

他抬手想去拽毕夏，还没有反应过来，"砰"的一记拳头，结结实实地打在他的下巴上。穆锡早已经被嫉妒冲昏了头脑，转身朝陆怀箫一脚踢过去——餐厅顿时大乱。

服务生赶紧拖住盛怒中的穆锡，他的朋友也来劝："穆公子，你这是闹的哪出？"

"为什么他可以和你坐在这里？"穆锡像个撒泼耍赖的孩子，"一年多了，我穆锡却从来没有这样的待遇，即使是和你吃一顿饭！"

"穆先生，谢谢你对我的好意，但我不能接受。"毕夏并不想当着众人的面让穆锡难堪，但她没有想到他居然会做出这种幼稚的事来——她早就认定穆锡"花花公子"的人设，对自己只是一时新鲜，但现在见他在众人面前分寸大失、胡搅蛮缠的样子，她才相信，这个人对她用了真心。

她牵住陆怀箫的手，淡淡地说："我们走吧。"

"别走！"穆锡的心都碎了。

毕夏没有回头，而陆怀箫静静地跟着她。

"我警告你！"穆锡大喊，"不许走！你走了，我就再也不会给你任何机会！"

"你这个不识好歹的女人，你知不知道我是谁？"

"不许走！"穆锡说到最后竟然落下了泪。

他的朋友不忍地拍了拍他的肩："穆公子，真没想到——"

任谁都想不到那个浪荡风流的穆锡竟然会一败涂地。

"你没受伤吧？"毕夏问陆怀箫。一向冷静的陆怀箫竟然会先动手，这是她万万没有料到的。

"他一直都在骚扰你？"

"其实并没有，他甚至在给我的工作铺路……"

"那楚君尧——"

"和他有什么关系？"

"你们？"他终于问出来了。

"朋友。"毕夏又补充一句，"他只是来这里做交换生。"

他眸黑若潭水，深深地凝视着面前的女孩，内心激荡。这么多年过去，他一直觉得

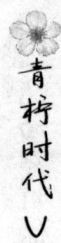

自己克制得很好，对于毕夏就这样默默地陪伴已经满足，但此时此刻他很想将她揽入怀里。他抬起手来，有些话呼之欲出——夜凉如水，莹莹的星光映着毕夏的瞳孔，竟然让他觉得那里也有对他的感情。

当他抬起手来时，她的手机突然间响了。这突兀的声响打破了流转在他们之间的暧昧，毕夏接起来——只是一个不重要的电话。

但刚刚即将破土而出的情愫，却默默地退了回去。

"毕夏。"他低哑的声音，百转千回。

迈出步子的她，缓缓转身，心中有些期许。

"我要回国了。"

毕夏惆怅地点点头，她是知道的，母亲决定留下来陪她住些日子，陆怀箫的假期有限，他得回去。

"这些天我很快乐。"陆怀箫停顿一下，柔声说，"谢谢你，毕夏——"

"若是说谢，该是我，这些年你帮我、帮我家，还有照顾我妈……其实我只为你做了那么一件事，若是说还，总还清了。"

"我并不是在报恩……"

"怀箫。"

他注意到她对他的称呼，心里一阵激荡，暖得像要化开："嗯。"

"等我回来。"

"好。"

那个晚上毕夏心绪不定，很久都没有办法入睡。而一墙之隔的陆怀箫也是辗转反侧。

唯有月亮，温柔静默地注视着他们。

二

楚君尧被导师Frieda（弗里达）找来谈话，问起他发表在《互联网时代》的论文时，他一脸的茫然，他并没有给这家欧洲最知名的行业类杂志投过稿，而且论文的题目还是《对固网网络智能化的建设应用探讨》。

"楚，你这样做实在令人失望！"

Frieda是一个五十多岁的犹太人，戴一副宽边眼镜，穿灰色大衣，是那种作风严谨务实的大学教授，因为年轻时曾经到中国游学，所以他对楚君尧很有好感，私下里跟他也有交往。所以当他收到Angela(安吉拉)、Beata（贝亚特）、Hebe（赫伯）还有Lvy（艾维)联名对楚君尧的投诉书时,备感意外。

在他心里,来自中国的楚君尧思维敏捷,颖悟绝伦,是不可多得的人才,虽然他只是一年的交换生,但在他心里已经视为爱徒。所以当另外几名学生说要将投诉信递交给学校纪律委员会时,他决定亲自问问楚君尧怎么回事。

楚君尧一怔,他记得这篇论文是期末考核,自由分组拟定论文题目,然后他们五个人分章节做其中一部分内容,他是组长做分配和统筹工作,所以其他四个人的内容他都有。这篇论文在Frieda那里得了A,根据他的考试成绩、测验成绩、书面作业、试验报告、出勤及其他表现,他最后的GPA(期末平均成绩)是5分,拿到了全额奖学金。

寒假他回了一趟家,时间原本就很紧促,还要拜访亲戚朋友,他和何晨宇、敬嘉瑜也只见了一面,虽然一年也就见了这么一面,但三个人依然亲近熟悉,打一场球吃一顿饭,聊起各自的生活学业,都很畅快。他几乎连电脑都没有开过,有时候也会想要不要给米荔发条问候的信息,以前那么黏人,可一失去联系就音讯全无。因为太过忙碌,他也并没有太在意心里那种失望的感觉。

只是没有想到再回到米兰,就听到导师说起他"发表"论文的事。

"你们中国人有个成语'急功近利',楚,你私自发表论文,而署名只有你,这分明就是窃取别人的劳动成果,是小偷行为。"

"我真的没有做过这种事。"楚君尧辩解道,"我跟这家杂志从未联系过,论文也不是由我投稿的。"

Frieda望着他的目光更加严厉冷漠了:"不是你又会是谁?上面是你的名字!楚,如果你诚心道歉求得原谅,也许纪律委员会会从轻发落,但你这样狡辩,实在令我对你失望!"

"我向你保证,这件事不是我做的!"

"你在开玩笑吧?"

"这篇论文我们五个人都有,为什么会是我投到杂志社?"

"上面只有你的署名!"Frieda说,"这篇论文可以说非常优秀,所以我给了A,但你不能将它据为己有。"

楚君尧无法解释,可他也没有证据证明自己的清白,苦恼不已。

Frieda见他拒不认错,一怒之下就将投诉书交到纪律委员会,他们将进行核实,然后给予楚君尧一定的处罚,根据之前类似情况,大约就是正式警告的处罚,虽然不会太严重,但会记录在案,会成为档案里洗不去的污点。

而且另外四个人还联名要求楚君尧要在那本《互联网时代》的杂志上刊登道歉声

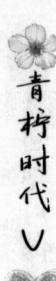

明,声明这篇论文是由他们五个人共同完成的。这会对楚君尧的名誉造成很大的影响,也许会让即将毕业的他前途受到重创。

楚君尧并没有跟毕夏谈起这件事,还是米荔来找毕夏询问,她才知道。

米荔自从和楚君尧分手后,就再也没有和他见过一面,只是有时会来找毕夏,送一些她自己做的手工饼干,或者是她编制的手套坐垫之类的东西,每一次都行色匆匆,关于她和楚君尧分手的事也是沉默不语。

毕夏却觉得分手后的米荔虽然看着笑容满满的样子,却显得很憔悴,有时候喊她好几声她都未应,毕夏一回转身看到她又兀自陷入沉思里去。

"既然放不下,又何苦勉强自己?"毕夏叹口气,"你和楚君尧之前也无矛盾——"

"我不想牵绊他。"

"怎么会?你到这里陪他,其实他心里是开心的。"

"不是这个!"米荔苦笑一声,"一直都是我主动追求他,他接受我只是出于感动,和我在一起也是责任,但我知道他心里喜欢的是别人。"

毕夏欲言又止。她以为她说的是沈冬晴,但实际上米荔心里认为的那个人是毕夏。

只是她们都没有把话说透——怕触到对方的伤口。

今天米荔又来,神色急匆匆地道:"他们分明联合起来欺负楚君尧,指不定是他们中的谁将论文以楚君尧的名义发表出去,只为了陷害他。"

"可是为什么?"毕夏听完整件事也觉得不可思议,以楚君尧的性格不会与人结仇,他为人真诚,处事周全,对于名利更是淡泊,他是那种对一切纷争不屑一顾的性子,何况他在米兰大学只做一年的交换生,对另外四个人根本没有什么利益上的冲突。

"恶作剧?"米荔揣测道。

"但谁能证明呢?"

"我。"米荔斩钉截铁地回答。

她离开毕夏家后就去找楚君尧的导师Frieda,想要了解更多的情况。关于这件事在米兰大学传开后,旁人知道米荔和楚君尧的关系,前来说给她听,她当时就厉声指责他们胡说。她又来找毕夏,希望能知道更多情况,但没有想到楚君尧并未和毕夏提及此事。

米荔见到Frieda,要到另外四个人的联系方式,决定一一去找他们谈话。

Angela是个金发的法国女孩,她说是Lvy将那本杂志找来,告诉他们楚君尧将他们合写的论文发表,她当时很气愤,所以也就同意Lvy写投诉信了。Beata和Hebe是同样的说法，他们本来对楚君尧并没有不满，相反这篇论文从命题到完成上，他们都承认楚君尧完成的比例很大，但这也不能抹杀他们在其中的努力，毕竟这篇论文关系到期末成绩，如果成果属于楚君尧，会影响他们的GPA评分。

那么Lvy怎么会知道这本杂志上有楚君尧的论文，他恰巧看到？米荔去找过他，但他态度很冷漠，他是一个个子不高，有些偏瘦的亚裔男孩，一双狭长的眼睛，目光躲躲闪闪，给人一种阴郁的感觉，对于米荔的提问态度很强硬：“那本杂志很出名，我每期都会读。”

米荔问过杂志社，查到用楚君尧名义投稿的邮箱是新注册的，而且发送邮件的IP地址服务器也是米兰大学的，如果有人精心策划这件事，根本就不会留下痕迹。

米荔想起之前查找"残羽"时的困难了，在网络里寻找一个人，也许只有警察才可以做到。

几天过去，米荔的调查毫无进展，她担心纪律委员会会下达处罚，又去找Frieda，请他说情看是否能暂缓几日。

"这个我没有办法决定。"Frieda表示，"纪律委员会有自己的流程。"

"Please（拜托）！Please！"米荔双手合十，恳切地说，"楚是被陷害的，他绝对不可能做这种事。"

"人不能被假象蒙蔽。"Frieda说，"就当是楚一时迷失方向，但他只要认识到自己的错误，还是会被原谅的。"

"我保证，他绝对不是这种人！"

Frieda被她磨得失去耐性，干脆把她往办公室外赶："我还有很多工作！"

米荔不死心，就巴巴地跟着Frieda，无论他去哪里，她都沉默又倔强地走在他身后，他无可奈何，终于答应她，会想办法延缓几天。

三

寒假过去后，沈冬晴回北京。这是大学里最后一个学期，学习上的任务并不重，很多人选择实习或者四处投简历找工作。

薛珊争取到留校做助教："虽然北京什么都贵，但待了四年就不想离开了……"

对于薛珊来说，她对能留校这件事觉得很知足，她从小康家庭出来，对于事业并无太大野心，觉得踏踏实实地生活，安稳平淡最重要。她已经和清华的男友彻底分手，也从低谷里走了出来，满心都是对未来生活的期许。

在知道沈冬晴决定去非洲的时候，她并不觉得意外："我一直觉得你独立又坚定，

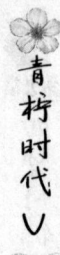

没有什么能留得住你。"

　　沈冬晴心情复杂。

　　她和裴雨阳在乌石塘村的那些日子是父母离世后她过得最平静的时光了,她按照周阿姨找老中医开的药方给裴雨阳煎药,三碗水熬成一碗,守着火候的时候,裴雨阳就倚着门口,饶有兴致地望着她:"要不我们就一直在这里住下去?"

　　沈冬晴的心微微一动,面上淡淡地回应:"这乡下地方什么都不方便,也没有娱乐活动,住几日你觉得新鲜,久了就会乏味。"

　　"反正有你的地方,哪里都好。"

　　"过几日我回北京,不如——"

　　"我也去北京?"

　　"你回家吧。"

　　裴雨阳一怔,耸耸肩膀:"才不要!"

　　"你现在可是个病人!"沈冬晴望向他,认真地说,"如果你一个人的时候晕倒呢?只是想想我都觉得害怕。"

　　裴雨阳从身后拥住她:"你会嫌弃我吗?"

　　"会。"

　　"就不能撒个小谎?"裴雨阳不满。

　　"如果你不在意你的身体,不爱惜你自己,我就会嫌弃你,很讨厌你——"

　　裴雨阳笑了:"我就知道你关心我!"

　　"所以能答应我回家吗?"

　　"好不容易独立,你这是要把我打回原形?"

　　"跟自己父母住是多幸福的事。"沈冬晴垂垂眼,心下一片黯然。

　　"那你呢,毕业后会回来吗?"

　　这是他们第一次直面这个问题,他一直不敢问,而她也一直在回避,她贪恋这宁馨的时光,但分离迫在眉睫,她知道她无法再瞒下去了。

　　见她沉默,裴雨阳笑着说:"其实北京的发展机会挺多——"

　　"裴雨阳。"她打断他,静静地说,"我要去非洲。"

　　裴雨阳一顿,下意识地松开了她,歪着头,满腹疑惑地望着她:"非洲?"

　　"对,是一个联合国的活动,去那边教外语和中文。"

　　"什么时候回来?"

　　"两年。"

第九章 回望灯依旧

"两年呀——"裴雨阳笑了，明显地松了口气，"不过是两年而已，很快就会过去。"

"可是。"沈冬晴艰涩地说，"我不知道两年后我会不会回来，也许还想去别处看看。"

裴雨阳的笑容被冻住了，一并冻住的还有他的心，他的语气变得生硬起来："所以你的计划里从来没有我？所以你的任何决定也不会考虑我的感受？"

"如果我从来没有离开过这里！"沈冬晴忍住泪，"我也许会安于现在的生活，我会留下来找一份工作，朝九晚五，但现在我知道了，这儿根本不适合我，我想去很远的地方，看更多的风景，帮助一些有需要的人，也让自己的心得到平静。"

"和我在一起，就不平静吗？"裴雨阳冷冷反问，"沈冬晴，这么多年了，我觉得我从未了解过你，甚至根本不知道你心里在想什么，你喜欢我吗？你真的喜欢我吗？"

沈冬晴的声音微颤："也许我们生活在两个世界，也许我们注定只是两条直线，只能交会在一个点。"

"那是你说的！"他愤怒地站起身，一拳砸向水泥灶台，感觉自己烦躁得像一把一点就燃的枯草。

沈冬晴低呼起来："你的手流血了！"

他顾不得自己皮开肉绽的手，这点儿痛算得了什么？心被大雪覆盖般的绝望才让他痛不欲生，这些日子的幸福让他沉醉地以为他们会永远在一起了，可是她告诉他，她要离开两年，而且两年后不一定会回来。他愿意等，两年，或者更久，但他怕的是她从来就没有想过要和他在一起，她是一只风筝，只想要飞远，那根线却不在他的手里。

他脸色冷峻，转身要走，她立刻抓住他的手臂，而他右臂一伸，将她围困在墙角，如困兽般沙哑着声音问她："说清楚，你喜欢我吗？"

"雨阳！"她看着他流血的手很着急，"让我先给你包扎！"

"直到现在你一句真话也不说吗？"他低吼。

她噙着泪望着他，嘴唇微微开启，而在那个答案要脱口而出之前，他害怕了，他冲动地夺门而出，在寒风里，感觉心碎了一地。

也许感情最大的悲凉就是你的热情掉进另外一个人寂静的世界里，你说什么，呐喊什么，叫嚣什么，都只有你一个人，对方无动于衷，这种境地让他心力交瘁，痛彻心扉。

当沈冬晴找到他的时候，他在村口那株香樟树下沉闷地坐着，呆滞的模样就像一副

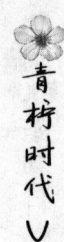

被抽走灵魂的躯壳,而手背上渗出的血触目惊心。

沈冬晴去握他的手,他赌气地别转面孔抽回自己的手,她几乎蛮横地再一次抓住,然后拿碘酒消毒擦拭。

"干吗管我?"

沈冬晴在心里叹口气,这么多年过去,裴雨阳的孩子气却依然在,他一直生活在明朗的家庭,所以觉得一切都可以随心所欲。但她貌似坚强,却很没有安全感,害怕裴雨阳的人生因她改变,也担心有一天裴雨阳会觉得这一切都根本不值。

时至今日,在面对裴雨阳的时候,她依然无法自信起来。

"雨阳,你说两年或者五年以后,我们会变成什么样?"

"怎么会变,不就是我们?"

沈冬晴摇摇头:"会变的,一切都会变。"

"我不会变,我发誓!"他为了强调,举起自己的手,坚定地望着她。

她艰涩地笑笑:"你知道这株香樟树旁曾经有一株银杏树吗?它们枝缠着枝,叶缠着叶……一直被村里的人称作'夫妻树',可是去年银杏树突然死掉了。

"有时候缘分是注定的,也许就因为我跟父母的缘分太浅,所以他们才会离开我——

"而我一度觉得自己是灾星、扫把星,会给身边的人带来不幸!

"雨阳,我对未来没有把握,我对自己没有信心,所以我不敢让这样的自己留在你身边。

"我的心里总有个声音,那就是离开这里……这里的记忆对我来说太痛了!即使和你在一起,最幸福的时候我的心也在害怕,雨阳,你明白这种恐惧吗?越是留恋就越怕失去。这种忐忑,这种患得患失,我没有办法控制我的心——"

裴雨阳抬起手来紧紧地揽住她。这是她第一次对他说这些话,他内疚和自责,从来没有想过那些痛楚的经历留给她怎样的伤痕。

看上去她复原了,她坚强、勇敢,可是她的心更加畏缩了。

所以她将自己放逐到很远很远的远方,希望自己能够平静下来。

"对不起!"他深情地说,"我从来没有想过我的感情会让你这么有压力。"

"雨阳,是我自己不好。"

"我答应你,不再逼你做决定了。"裴雨阳吻了吻她的额头,"去做你自己想做的事吧——你一定要记得,就算命运不偏爱你,就算时光要摧毁你,而我裴雨阳,都依然喜欢你!喜欢你沈冬晴是最重要的一件事。

沈冬晴在裴雨阳温暖的怀抱里，潸然泪下。

太阳的余晖透过香樟树叶洒落下来，那些叶片在冬日里有了更为丰富的颜色，黄色，红色，深褐，青紫——如梦如幻，裴雨阳深深地凝视着沈冬晴，仿若在最后一丝光抽走后，她也会跟着消失。

沈冬晴也没有说服裴雨阳留在父母身边，他执意要回上海继续之前的工作。

他觉得他还是喜欢这份工作，除了这个，也不知道想要做什么了。

母亲的叮咛要把裴雨阳给淹没了："药一定要坚持服用，不能熬夜，对着电脑半个小时就得起身休息——"

裴雨阳一再保证他会照办，可母亲好像根本就不相信。

他当然会注意这些细节，因为人生那么长，他不能任意挥霍健康，他已经明白自己的责任，懂得了守护的意义，所以更加会重视自己的身体。

在得知他有这么复杂的疾病后，杨美清撇撇嘴："看来这就是你的报应！"

"我的报应可不仅仅是得了这个病！"

"你跟沈冬晴的事我可不管了！"杨美清不屑地说，"我没那个工夫，也没那个心情！"其实杨美清有些话没有说，她会放弃裴雨阳，还有一部分原因是许易。那个总是莫名其妙跑来找她，跟她聊书本、聊音乐、聊人生的家伙，她慢慢地不觉得讨厌了。而且会有些期许他的到来。从来没有人会静静地跟她说这么多话，也没有人这么了解她，这让她那颗一直执着于裴雨阳的心，忽然放松了，也渐渐觉得裴雨阳不那么重要了。

对于杨美清的"大赦"，裴雨阳竟然不觉得惊喜，在他心里，他和沈冬晴的症结根本就不在这里，最重要的是沈冬晴对他没有信心吧，而他能证明的，就是死等。

他决定就这样跟她耗着，两年回来或者五年回来，他都要让她看着，他说到做到，决不会变。

蔡雅跟他说，许易现在在追杨美清，挺认真的。

裴雨阳大约明白为什么杨美清会突然转变了，最近见她气色不错，而她父母说她已经很久不用呼吸机了，练瑜伽让她的肺活量有所好转，抵抗力也强了很多。裴雨阳对许易的真心还是有几分怀疑，但看着杨美清的变化，他还是为她高兴。

蔡雅说许易现在很苦恼，怕一旦说自己是心理医生，杨美清就再也不想见他了。

"你呢？和沈冬晴怎样了？"蔡雅问。

"好着呢！"裴雨阳笑眯眯地回答，"我家冬晴打算毕业后去非洲——"

"啊？"

"啊什么？"裴雨阳扫她一眼，文绉绉地扯出一句话，"两情若是久长时，又岂在朝朝暮暮。"

四

开学后，毕夏一直在为毕业设计做准备。

在米兰最后的这些日子，她不打算做兼职，也不打算接工作，甚至导师说有几个不错的比赛她可以去试试，她也放弃了。她从来就是爱惜时间的人，不想再为别的事浪费时间，又或者她担心自己再去接工作参加比赛之类的，难免会再和穆锡有牵扯。

她很久都没有见过穆锡，情人节他大闹餐厅后就没有再出现过，心里觉得如释重负，希望他能够舍弃她这块"朽木"，遇到两情相悦的人。

靳雯雯来找她的时候，她们也已经很久没有联系了。靳雯雯比之前圆润了一些，两个人在餐厅里吃饭，她吃得竟然比毕夏还多，餐后捧着冰淇淋杯，一勺一勺地往嘴巴里塞冰淇淋的时候，一脸享受。

"你现在真是彻底放飞自我了。"毕夏笑着打趣她，"看来你的未婚夫并不介意你变成个胖子。"

"他敢！"靳雯雯铿锵一声，把手举到她面前——无名指上明晃晃的大钻戒，比订婚时那枚还要耀眼，"我算是明白了，其实找个爱自己的比找个自己爱的，更容易幸福。"

"你自己觉得幸福就好。"

靳雯雯托着腮，表情越发慵懒："其实是你让我下定决心。"

"我？"

"对，因为你让我觉得，我这一辈子也不会遇到想要的爱情了。"

毕夏哑然地望着她。

靳雯雯笑了，继续说："起初还觉得在穆锡那里我有机会呢，如果不是你的出现，我还会继续跟他耗下去……幸好我及时抽身，谢天谢地，我运气不错。"

她的样子是真正"放下"的神色，她一直觉得自己是个拎得清、理智又现实的姑娘，从来米兰开始，每一步她都计划着如何成功。但实际上和穆锡"厮混"的那些日子，她已经拎不清了，她爱上的那个男人根本就是个浪子，但原来浪子一旦想要安定下来，却如此令人感动。

她明白了结果，所以也就不想再浪费时间，匆忙地、几乎是狼狈地逃到另外一个人那里，因为那个人会给她一份安稳的生活。

"毕夏，其实我今天来找你，是因为穆锡。"

毕夏神色一怔。

"他被他父亲赶出家门了。"靳雯雯笑起来完全是一副幸灾乐祸的样子，"他那个倔脾气又不知道服软，破罐子破摔地住在外面，成天吃喝玩乐，再这样下去就真是废了。"

毕夏万万没有想到穆锡会变成这样。

"他虽然吊儿郎当的，但其实是个好人。"靳雯雯话锋一转，"你能去劝劝他吗？"

"我？"

"他从来没受过情伤，所以才会这么痛苦，难以面对。"

"我不知道——"

"反正他现在就这个样子，工作不做，家不回，我本来懒得管他的事。"靳雯雯叹了口气，"又于心不忍，这个家伙到底还是帮过我不少。"

见毕夏没有回答，靳雯雯挥挥手："不说他了，那个家伙就是活该！"

"他现在在哪里？"

靳雯雯的眼睛蓦然放亮，惊喜地说："我马上带你去。"她说不管穆锡也只是嘴上硬气，知道他的境况心下也是担心，她了解穆锡，这么大个人了现在好像还在叛逆的青春期，受到挫折就自甘堕落，就好像失恋是最悲惨的一件事，不愿意振作起来。

靳雯雯带毕夏去的是穆锡的私人公寓，她在外面按门铃，有个穿花格子衬衫，领带松开挂在肩膀上的男子满脸笑意地开门："欢迎来我们的派对！"

靳雯雯并不认识他，牵着毕夏的手径直走进去，约莫百平方米的客厅俨然变成一个酒吧，到处都是酒瓶，而客厅中的台子上，大约上百个玻璃杯盛满伏特加，就像士兵列队浩浩荡荡地立在台面上，迷离的灯光下，一大群人围着穆锡和另外一个男人大喊："喝、喝、喝！"

穆锡穿着灰色衬衣，袖口卷到肘部，一手撑着桌面，一手抓起酒杯像对待敌人一样，恶狠狠地灌进嘴里，一喝完他挑衅地指指对方，示意他喝。

两个人显然都已经喝高了。

靳雯雯皱眉："这家伙就是这样夜夜笙歌，难怪会被赶出家门！"

到处都是人，很多连靳雯雯都不认识，空气中弥漫着混沌难闻的气息，烟，酒，还有各种笑声尖叫声。毕夏不慎绊到一个东西差点儿摔跤，低头一看，原来是一个醉酒的男人横躺在地板上。

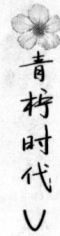

靳雯雯挤到穆锡身边，抢掉他的酒杯："够了！别喝了！"

穆锡哪里听她的，一手挣脱开来举起另一杯又仰面灌进嘴里，然后得意地笑了，他环顾四周，目光在落在毕夏身上时一秒没停地扫了过去，此刻他的对手已经喝到了极限，一头醉倒在了桌上。

"穆锡！"靳雯雯捶打他的胸口，"Party（派对）结束了，你让他们走！"

穆锡不听，叫嚣着："谁，还有谁来挑战？"

靳雯雯突然发飙，抬手朝桌面上一扫，把台上的酒杯酒瓶全给推到地上，噼里啪啦碎裂的声音倒是让四周静了下来。

"这谁呀？"停顿几秒后，有个女人不客气地问。

"出去！"穆锡突然大喝一声。

其他人都看着靳雯雯，她瞪着穆锡。

"你们——"穆锡不耐烦地抬手一指，"滚，全滚！"

众人见他发横，都知道惹不起，慌里慌张地往外走，就连烂醉的同伙也被不由分说地拖了出去，房间安静下来后，一片狼藉。

穆锡张嘴刚要说什么，心里涌上一阵排山倒海的恶心，他连忙朝着卫生间奔去，然后"嗷嗷"地呕吐起来。他刚刚看到毕夏了，难以置信中有着雀跃的惊喜，却赌气地不去理会她。

自从上次在餐厅大闹后，他就成了一个笑话，大家都知道他连一个普通的留学生都搞不定，简直是逊毙了。自尊心受损，面子挂不住，最痛苦的还是毕夏的拒绝，他对自己说要跟毕夏一刀两断，可一睁开眼就又想起她来，简直就是摆脱不了的噩梦！

父亲认为他跟别人争风吃醋闹得尽人皆知而训斥他，他顶嘴又说了很多过激的话，父亲气得要不认他这个儿子，他二话不说地离开家，开始过着纸醉金迷的生活，浑浑噩噩的，不想清醒过来。

靳雯雯走到他身边，递过去一条毛巾和水杯，叹口气："何必呢？"

"让她滚！"穆锡淡淡地说。

"毕夏——"

"让她滚！"他像一只暴怒的狮子，歇斯底里地大喊，"滚呀！"

靳雯雯也恼了，把毛巾一扔："真是烂泥扶不上墙！"

她转身去牵毕夏的手："我们走！这家伙让他自生自灭！"

刚把门打开，穆锡就从她们身后撵了上来，可怜兮兮地伸出手挡住门："别走……

我好难受。"

"活该！"靳雯雯气咻咻地用手指戳他胸口，"好像谁没失恋过一样，就你要死要活的！"

"毕夏——"他期许地望着她，柔声说，"你关心我？"

"让我们坐下来说吧，"靳雯雯嫌弃地推开他，"我去煮点儿咖啡。"

穆锡的公寓外有一个很大的私家游泳池，坐在旁边的椅子上，穆锡像个犯错误的小学生，耷拉着头："上次的事我道歉，是我冲动又幼稚。"

"穆先生。"毕夏缓缓地说，"我不是一个不懂感恩的人，你为我做的那些事我很感激，也很感动，但我只把你当朋友，很抱歉没有办法回应你一份相同的感情。"

穆锡的神色更加黯然了。

靳雯雯透过落地窗望向他们，心里无限惆怅。她和穆锡何曾这样静静地聊天，他的目光深锁着毕夏，隔着老远的距离，她也能感受到他的万般柔情，一个美，一个俊，单看外貌，真是天造地设的一对璧人，可无奈毕夏心有所属。

毕夏第一次向人谈起她的成长，她圆满的青春因为一场火灾戛然而止，案件迟迟未破，她放弃高考选择稳妥的保送，和初恋分手后心灰意冷地去美国做交换生，因为意外又被退学回国，她曾经是一个骄傲自信的女生……却失去亲人，失去恋人，失去学业，连父亲的公司也被人霸占……在最痛的时候有一个人陪着她，那就是陆怀箫。这么多年他一直默默守护她，从未给过她任何压力。

穆锡怔住，他没有想过在毕夏身上会有这么多故事，他也常问自己为什么会被她吸引，但现在觉得就是她身上那种淡然和从容，令他怦然心动。

穆锡沉默良久，然后问："如果没有陆怀箫，你会喜欢我吗？"

"我不知道。"毕夏思忖一下，认真回答，"陆怀箫他一直都在，不管我走了多远的距离，我都知道只要我回头，他就在那里，这让我安心。"

"那你来这里，就是为了告诉我，你为什么会喜欢那个人？"穆锡的语气无限酸楚。

"我来这里，是因为靳雯雯，她关心你！还因为我也担心你——"

"真的？"

毕夏点点头："我相信你下次再这样追一个女孩，她一定会被你感动的。"

"但怎么没有感动你？"

"因为我知道我很快就会离开这里了。"

"米兰可是时尚之都，留在这里不更好？"穆锡说，"我会帮你——"

"我不能让那个人等太久了。"

"好吧！"穆锡妥协。

他知道他输了，可是这样的结果他能够接受——他只是比那个人晚一步出现而已。

"穆先生。"

"嗯？"

"我一直想请你吃饭，要不选一天？"

穆锡怔一下，然后咧嘴笑开了："别以为这样我就会原谅你！至少得请我吃三顿——"

"成交！"毕夏暖暖地笑了。她觉得穆锡看着放荡不羁，内心却柔软得像个孩子，闹情绪的时候只要哄一哄，立刻就没了脾气。

靳雯雯端着咖啡杯过来："你也老大不小了，收收性子吧。"

这一次穆锡没有反驳，而是在她脸上捏了一把："谢啦！"

那天晚上毕夏回家的时候，黎允儿已经在电脑前等候她许久了，她在QQ上急吼吼地说着她又去了高总家里扮演他女朋友。

"她母亲的生日，七大姑八大姨都在，一群人围着我，简直要把我生吞了。"黎允儿的语气在抱怨，但隔着电脑毕夏也能察觉她愉悦的心情。

她想起前些天，允儿还在为和姚元浩分手情绪低落，转眼她已经满血复活了，那么这个高总呢？他真的仅仅只是想让黎允儿扮演他的假女友，还是醉翁之意不在酒？他明知道黎允儿和姚元浩的感情有了裂痕，却还频频与她接触——这个高总让毕夏觉得工于心计，又乘人之危，不算君子所为。但感情的事谁又说得清呢？也许允儿发现姚元浩并不适合她，她更喜欢高总这样成熟睿智的男人。

"如果是假装女友，应该越少人知道越好，免得引起麻烦，高总为什么会这么大张旗鼓？"

"他母亲的生日，于情于理我都该出现。"

"允儿，这个高总我觉得你还是远离的好。"

"为什么？"黎允儿不服，"他教会我不少，而且我当他是良师益友。"

"如果他不这么想呢？"

"他身边莺莺燕燕多了，凭什么看上我呢？再说我对他，真的没有什么想法。"

"好吧，你自己当心。"

"因为欧洋的事你们都成惊弓之鸟了，觉得每一个接近我的人都有目的。"

"最近好吗？"毕夏转移话题。

"不太好——失恋呢！"

黎允儿的心情确实不好，在她说出"分手"两个字之前她从来没有想过分手，他们经历太多波折终于在一起，热恋好像还没有结束，感情就出现了危机。这些日子虽然没有联系，但她常常想起姚元浩来——睹物思人的感觉真不好受。可她心里也怨恨着，难道情侣吵架，他就不能来求和吗？但是和好以后呢？会不会再一次争吵？

"那先冷静一段时间吧。"毕夏宽慰道，"时间会让你知道什么才是最重要的。"

五

楚君尧在仔细核对过《互联网时代》上以他的名义发表的论文时，发现了几处问题。他已经能够猜到是谁在陷害他了。

当他拿着笔记本电脑站到Lvy面前时，后者的神色显得极为不自然。

"你为什么要这么做？"楚君尧盯着他。

"楚，我不知道你在说什么。"

"那篇论文是你以我的名义发给杂志社的！"

"你胡说！我怎么可能做这种事！"Lvy个子矮，在楚君尧面前会以仰视的姿态，所以他下意识地退后一步，推了推鼻梁上的眼镜，紧张地说，"如果不是我恰巧看到这篇论文，你就想欺骗所有人了？现在事情败露你就来报复我！"

"我有证据！"

"证据？"

楚君尧把电脑打开给他看："第一章序言是我写的，当时交给你们的版本上，用的abstraction（抽象）这个词，可我交给Frieda的是abstract class（抽象类）这个词，因为这是在最后交上去时我注意到的问题，所以这个版本只有我和Frieda有。"

Lvy顿时大惊失色，他结结巴巴地说："你在狡辩，一个词语而已，怎么证明是我？"

"不仅仅是一个词语，还有你写的这一章，这个backup file（备份文件）被我改成了backup device（备份设备），我当时已经跟你标注过了，我交给Frieda的时候你没有改，我以为是你忘记了，所以给他的那一版本是我替你改动过的。"

Lvy此刻已经面如土灰，他没有想到整篇论文几万单词呢，居然会在两个词上出现失误。

"只要一查我交给Frieda的那个版本就能够证明我的清白！"

"这是你的计谋！"Lvy情绪激动地大叫起来，"你故意留下两个失误，就是想着事情败露然后转嫁给我！"

"是吗？"楚君尧冷冷地望着他。

"楚，别以为Frieda会信任你，是他亲自将投诉信交到纪律委员会的！"

"中国有句话叫清者自清。"楚君尧笑了，"即使我受到处罚也并不觉得委屈，因为这件事只是证明你的丑陋不堪，会成为压在你心里的一块石头，你在我面前永远都矮了下去。"

Lvy难以置信地望着楚君尧脸上的笑容，确定他并没有受到打击。

"为什么？"他愤然喊出声，"我一直做Frieda的助手，不仅替他工作，还为他打理很多琐碎的事，可他从来没有称赞过我一句，却对你赞不绝口！"

原来如此。

楚君尧看着他扭曲的脸，终于明白他为什么会设计陷害他了，他的嫉妒不过是因为导师表扬自己几句——面前的这个人实在太可怕。

"如果你的一生就只是为了得到别人的认可，那不是太悲哀？"楚君尧冷冷说完，转身就走。

"楚！"Lvy被他的冷静从容激怒了，他精心策划的一切竟然被楚君尧一眼看穿，却用同情的目光望向自己！他想起他的成长，不管他如何努力父亲都是苛责批评，父亲说他是废物，是蠢货。而面对楚君尧，他觉得自己真的变成废物和蠢货了。

这一刻，内心的仇恨让他从口袋里拿出一柄刀，重重地朝楚君尧的后背刺过去。

米荔接到毕夏打来的电话，毕夏在电话那头很着急，她说楚君尧受伤了。

楚君尧的后背被刺了一刀，吃痛之间Lvy抽回刀想要刺第二刀，被反应过来的楚君尧抓住了手臂，他有着明显的身高优势，对峙之间Lvy手里的刀落在地上，他想要去抢夺，经过的路人和楚君尧合力抓住Lvy，将他交给警察。

楚君尧被送往医院，因为他穿着大衣，而那柄刀也只是一般的水果刀，所以伤口不深，没有伤到要害，只需在医院进行缝合处理就好。

楚君尧给毕夏打电话，可怜兮兮："医生让留院观察，你来问候下病号吧！"

虽然楚君尧说得风轻云淡，但毕夏也能想到当时的凶险，她后怕不已。这个世界上总有那么多冲动的人，他们就像行走的炸弹，你不知道会不会一不小心就点燃了他。而楚君尧这次万幸没有伤到要害，如果那柄刀再尖锐些，后果不堪设想。

她去医院的路上给米荔打电话。

米荔"啊"的一声:"我就说Lvy有问题,他看着就不像好人!"

毕夏把医院地址告诉米荔:"去看看他吧。"

米荔早已经顾不得其他,心急火燎地赶往医院,因为她的位置比毕夏离得还近,所以毕夏没有到,她已经先到了。

"楚君尧!"

彼时的楚君尧正侧躺在床上睡觉,听见米荔的哭喊,心里一热,却隐忍着没有睁开眼。

"你快醒来呀!"米荔哭得声嘶力竭,"你不能死,我不许你死!"

楚君尧在心里已经笑成一朵花。这些日子两个人的不联系竟然让他变得很不习惯,去图书馆的时候,去餐厅的时候,在校园里穿行的时候……他总是会不由得想起她来,想起那个笑容灿烂、声音清脆的女孩来。

他终于明白,其实他已经很在意米荔,也不再想只是"试试",而是认认真真地想和她交往了。但米荔说分手就分手,有时候在路上远远地见着,她也像个遇到危险的小兔子,一眨眼就溜开了。

他连好好跟她谈一谈的机会都没有。

所以现在听到米荔哭得这么伤心,他心里又感动又幸福,明白米荔对他依然有感情。

"楚君尧!"米荔泪流满面地摸着他的脸,"我喜欢你已经很久很久了,为了能和你在一起,我从美国回来念书,为了能接近你,我打听到你喜欢的游戏网站,苦练技艺,然后用'火枪手'的身份和你聊天……我每天睁开眼睛,脑海里就是你,晚上睡觉前心里想的还是你,不,就算是做梦也常常会见到你,我从来没有这么喜欢过一个人,但我从来没有后悔过!因为这么喜欢你的我,会很幸福,会很快乐!有些人一辈子也遇不上这样一个人,而我遇到了!楚君尧,所以你不能离开我!就算你永远不会像我喜欢你那样喜欢我这么多,但没关系,只要你活着,只要你健健康康地活着,其他的都不重要了!"

"米荔?"赶到医院的毕夏看到米荔哭得伤心欲绝,而楚君尧虽然闭着眼睛但显然正在享受这一刻的被告白。

米荔见到毕夏,哽咽着说:"怎么没有医生?他们就放着楚君尧不管吗?"

毕夏忍俊不禁,刚才她只说楚君尧被刺伤,还没有来得及说他伤得如何,米荔已经挂了电话。

"医生大概已经治疗过了。"

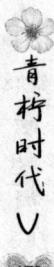

"那他怎么昏迷不醒？连手术也不能做吗？送重症监护室呀……"米荔哇哇大哭，"医生连抢救也不给吗？楚君尧他——"

毕夏看不下去了，抬手推推楚君尧："喂，别演了！"

米荔顿时怔住，不解地望着毕夏。

"还没有听够呢？"毕夏笑，"待会儿米荔的眼泪会把这病房给淹了。"

米荔赶紧尴尬地抹了抹脸上的泪水。

楚君尧晃悠悠地睁开眼，忐忑不安地打了个哈欠："我刚刚睡着了，你们在说什么？"

在米荔愤懑的目光下，楚君尧只得怯怯地求饶道："受伤是真的，后背，一刀扎过来，流了好多血！"

米荔半信半疑地望着毕夏。

毕夏耸耸肩膀："确实挺严重，听说缝了三针吧！"

米荔突然涨红了脸，抬手朝楚君尧身上打过去一拳，为刚才自己说的话羞愧地跳起来，急急往外逃。

"毕夏！"楚君尧不满地嚷，"你这是在打击报复！"

毕夏给他一个"你说对了"的笑容。

楚君尧穿上鞋急匆匆去追米荔："米荔，米荔！"

后者根本不理会，跑得更快了。

"站住！你给我站住！"楚君尧突然捂着伤口，表情痛苦地大喊，"哎哟。"

米荔不由得停下来，转过身，紧张地朝楚君尧跑回来。

"怎么了？哪里疼？"

"你听我说。"楚君尧扣住米荔的肩膀，深情地凝视她，"刚刚你说的话我都听到了！我不是想让你哭，是因为我想多听你说一些——我很感动，也很欢喜，米荔，能不能不要丢下我，不要甩了我？不是你不能没有我，而是我发现我不能没有你！"

在他们身后的毕夏看着楚君尧这样深情告白，内心百味杂陈。

她和楚君尧的感情永远地成了过去，这个男生有了新的生活，也有了新的感情。青春的经历是多此一举吗？也许是在历经痛彻心扉后，才明白他们的归处。

当米荔羞涩地点点头，像个无尾熊一样欢快地手脚并用攀住楚君尧的脖子时，四周响起了掌声和欢呼声。

明明他们说的是中文，周围的人根本听不懂，但也许所有爱情的模样都一样，所有恋人的微笑都如出一辙，大家都看懂了。

楚君尧和米荔深情相拥，内心激动幸福。

那是一个暖洋洋的午后，毕夏，楚君尧，米荔，他们三个人的笑容如青葱年少般，无邪天真。

六

七月论文答辩后，毕夏准备和米荔一同回国。五月的时候，楚君尧的课业已经结束，关于论文盗用发表的事Lvy已经向警察全部招认了，是他嫉妒导师Frieda对楚君尧的喜爱，想要制造他人品上的污点才陷害楚君尧。原本这件事并不算严重，但他持刀伤人的行为已经触犯法律，接着他被学校开除学籍。

在楚君尧还未回国前已经有猎头公司找到他，说多家公司都想要录用他这样的清华高才生，但楚君尧拒绝了。他觉得自己的专业知识还不够，打算继续攻读研究生学位。米荔说她学了这一期法学后决定回国就转系，拿手术刀不适合她，她更喜欢和别人唇枪舌剑，为当事人争取权益。

毕夏把机票订在答辩后的第二天，她一天也不想在米兰多待下去，归心似箭。

靳雯雯和穆锡留过她很多次，希望她能留下来在米兰发展，他们相信她会成为很优秀的设计师，但毕夏说她要回国创业。这两年的学习令她受益匪浅，她也更加坚定了自己的目标。

他们到机场送毕夏，穆锡第一次抱了毕夏，他长久地不肯撒手，哽咽着说："你要是后悔了就回米兰来找我，记住呀，你要跟那个人分手了，我就是不二的选择！"

靳雯雯看着他痛哭流涕的样子直翻白眼："穆公子，我简直不认识你了！"

穆锡不顾她的戏谑，絮絮叨叨地说："有困难就找我！有事就给我打电话！你照顾好自己呀！你若是结婚就别通知我了，我怕我会受不了——"

毕夏笑着拍拍他的肩膀："我知道了！在米兰我最幸运的事就是遇到你和雯雯！"

靳雯雯推开穆锡，抬手抱抱毕夏："保重！"

一旁的米荔看到像生离死别的穆锡也是偷笑不止——他长着一张风流的脸，但竟然有一颗痴情的心，果然是人不可貌相。

在飞机上，米荔问毕夏："那穆公子的条件这么优渥，你真不心动？"

"换作你呢？"

"当然不！"米荔低呼出声，"我已经有了男朋友，但你——"

"我也有喜欢的人。"

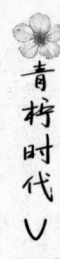

米荔眨眨眼睛,歪着头,支起下巴,满腹疑惑地望着她:"你是不是有什么故事没有告诉我?"

毕夏笑了:"这个故事很长,不过你想听,我慢慢说与你听——"

时间过得真快呀,十六岁到现在,足足七年过去了,当毕夏望向窗外时,三万英尺的高空,晴空万里,她仿若看到年少的自己,那个骄傲自信的毕夏骑着单车穿行在灿烂的阳光里,然后她的身边来了一群人,有黎允儿,有楚君尧,有何晨宇和敬嘉瑜……

她的唇边不由得露出一丝笑意。

回国以后的一切都是未知,她将面临更多的挑战、更多的困难,但她不怕了,因为她明白了,在命运这条河里,逆水而行才能获得生的希望,顺水而下只会被吞没消亡。

还有,在机场等待的人。

是她苦苦思念的人。

这样一想,她的笑意更浓了。

陆怀箫,我们的故事才刚刚开始……

——本季完——

〔后宫传奇宠妃的人生，步步惊艳〕

《赝妃传奇》三部曲 整装来袭！

西西东东 著

《赝妃传奇（三）逆战》

真假余情 ✕ 真假思慕

真假龙凤 ✕ 真假归离

重重宫闱，风云变幻，
她靠着擅仿旁人的秘术，仍躲不过明枪暗箭无数！
远走归乡，困难重重，
本已抛却前尘，为何命运百般阻拦！

她本是温润的水，奈何一身澄澈托付于帝王之家，
他铁腕冷峻，愿为江山负美人？

"你我都不再是从前的样子"
她经受的一切痛苦，
都要百倍奉还！逆世而战！

唯美分享价：30.00元

随书附赠：精美书封明信片3张

《赝妃传奇（一）"谜"宫》

真假太后 ✕ 真假恩人

真假父子 ✕ 真假龙种

随书附赠：精美信纸8张 大幅海报1张

唯美分享价：25.00元

《赝妃传奇（二）妃嫁》

真假青梅 ✕ 真假皇子

真假公主 ✕ 真假妃嫁

随书附赠：精美信纸8张 大幅海报1张

唯美分享价：25.00元

意林·轻文库 美少年系列 再添新成员
开启悬疑&甜爱交织的冒险之旅——

不存在的男朋友 ①

BU CUNZAI DE NANPENGYOU

超忆症少女VS未来少年
跨时空相遇，陷入浪漫甜爱，
性格迥异的孪生姐妹花纠葛不断，
一段凶险莫测的异国冒险之旅，
狂掀悬爱逃生的逃生风暴！

心动分享价：
28.80元

意林轻文库 青春最美，梦想出发

异世美少年身负秘密任务而来，
而他的出现又能否改变她原来的厄运呢？

意林·轻文库 "绘梦古风系列" 最强主打&欢萌经典

《俏娇小仙闹皇宫（二）龙殿公子》

洋葱小仙爆笑回归，开启新一轮的无厘头打怪日常！

欢乐分享价：23.80元/本

新品尝鲜价：29.00元/本

自从被白家仙君的"黑脚"无情踢下凡间，她这位小仙女的画风就越跑越偏……
别的仙子下凡，都是吃喝、游玩、长见识，为什么她却是逃命、历劫、带孩子？

本以为逃出了危机四伏的皇宫就可以荣归仙境，谁知又被拉入了深海神殿。
神殿里的神秘主人，不闻身外事的仙君大人，与她有着重重纠葛的俊朗少年……
小洋葱的新生活似乎也不太好过啊……